진짜
멋진 할머니가
되어버렸지
뭐야

진짜
멋진 할머니가
되어버렸지
뭐야

김원희

나이 70세,
여행하고 작가가 되는 기적!

차 례

1부
지팡이는 아직 아니다, 캐리어를 끌자!

2부

할줌마는 즐겁습니다

3부
늙어가는 건 참 괜찮은 일이구나

에필로그

1부

지팡이는 아직 아니다,
캐리어를 끌자!

당당하게 70세

나는 운전을 못한다. 수영도 못한다. 하물며 자전거도 못 탄다. 자전거는 젊었을 때 타보려고 여러 번 시도했다가 그때마다 넘어져 무릎에 깊은 상처를 내고서는 결국 꼬리를 내렸다. 그렇게 운동신경이 유난히 없었는데, 지난해에 자전거를 배웠다. 이 나이에 자전거가 타지더라. 네발자전거다. 네발자전거를 탔다고 해서 처음에 안 넘어진 것은 또 아니었다. 아무튼, 젊었을 때 안 되던 것이 나이 먹어서 되기도 하다니.

우리나라에서 노년으로 정식 인정을 받는 나이 65세. 오랫동안 대한민국에서 인내하며 열심히 살았으므로, 이제부터는 일하지 않아도 그에 합당한 연금과 각종 혜택을 줄 테니 행복하게 살라는 의미 같다. 노년에 무엇을 하느냐? 노년이라는 건 할 수 있느냐, 못하느냐를 가르는 나이라기보다는 내 마음, 내 의지가 관건인 시기 같다.

나는 해외 자유 여행을 항상 꿈꾸어왔다. 그러나 현실은 나에게 금전적으로도 시간적으로도 관대하지 않았다. 젊은 시절 여행에 대한 꿈은 마음속에만 간직했었고, 노년에 접어들고 시간적 여유가 생기면서 꿈은 현실이 되었다. 그후 나는 이십여 개의 나라와 그 나라 도시들을 자유로이 여행했다.
내 나이가 몇이라 해도, 노년이 되었다 해도, 인생이 끝났다고 생각하지 말자. 아직 죽지 않았다면 어쨌든 삶은 끝난 게 아니다. 아직은 더 젊고, 더 외롭고, 더 고독하고, 더 인내하고, 더 아픈 시간이 지속될 것이다. 그런 것들을 부여안고 내가 할 수 있는 무언가를 끝없이 해나가야 한다. 그래서 나는 지팡이 대신 캐리어를 끈다. 그리고 여행한다.

남아 있는 육신을 마음껏 쓰고 가야지!

노인이 되면 먼길 여행도, 집 떠나는 것도, 무언가 새로운 일을 저지르는 것도, 남은 인생의 육신을 위해서 삼가야 한다고 흔히들 생각하는 것 같다. 그러나 오히려 가야 할 길이 얼마 남지 않았으니 남아 있는 육신을 맘껏 쓰고 가야겠다 생각한다면, 다른 세상을 만나게 되기도 한다.

'홀다 크룩스'라는 할머니는 91세에 후지산 정상에 올랐다고 한다. 일반적으로는 놀라운 사실이긴 하나, 가능한 일이다. 김형석 박사님은 100세에도 책을 내고 강연을 다니시며 많은 이들의 귀감이 된다.
'이 나이에, 다 늙어서 무엇을'이라고 할 수도 있겠지만 그래서 더 새로운 일에 도전하기가 쉽다. 젊었을 때는 부양해야 할 가족도 있고 타인의 시선도 신경쓰여 자유롭지 못했지만 나는 이제 국가에서도 공식적으로 인정한 '더이상 일하지 않아도 누구도 질타하지 않는 나이'를 살고 있다.

또래 친구들은 곧잘 나보고 체력이 대단하다고 한다. 이 나이에 비행기를 장시간 타고, 모르는 곳에서 종일 걸어 다니니 보통 체력이 아니라고 생각하는 것 같다. 그런 말을 하는 사람들을 보면 대부분 영양제를 많이 챙겨 먹는다. 비타민은 기본이고, 홍삼, 주기적으로 힘이 없다며 봄에는 보약, 어디에 뭐가 좋다 하면서 철에 맞는 음식을 찾아서 먹는다. 그런 사람일수록 요즘 힘이 너무 없어, 라고 자주 말한다. 가끔 그것은 '내가 나이가 들었다, 이제는 아무것도 안 하고 좀 쉬어야 해, 나를 좀 배려해줘' 라는 상대에게 전하는 무언의 암시로, 과하게는 어리광으로 보이기도 한다.

물론 사람에 따라서 정도의 차이는 있다. 좋은 체력을 가지고 태어난 사람과 유난히 약한 체질로 태어난 사람이 있기는 하다. 그렇다고 해서 좋은 체질을 가지고 태어난 사람이 약한 체질로 태어난 사람보다 더 오래 산다는 보장은 없다.

노화를 막을 수는 없다. 더욱이 피로는 우리가 살면서 매 순간 극복해야 하는 무형의 적이다. 그렇게 생각한다면 장수가 결코 축복은 아니다.

새로운 일을 만들어가면서, 자꾸만 축 처지는 내 육신과 감성을 일으켜보면 어떨까.

유골이라면
운송비도 그다지 들지 않는다

프랑스 니스, 시미에 지구에서 내려와 니스성을 찾아서 걷고 있는데 자그마한 동양인 할머니가 자신의 몸 앞뒤로 배낭을 메고서는 빠른 걸음으로 지나간다. 호기심이 생긴다. "안녕하세요?"하고 말을 붙였다. 인사를 알아들었는지 걸음을 멈추고 뒤돌아서 "와타시, 니혼진(나는 일본 사람)" 하신다. 70대는 되어 보이는데 오래 여행한 듯 행색이 초라하다.

"료코데스까(여행입니까)?" 했더니 그렇단다. 어저께 바르셀로나에서 왔고 두 달째 혼자 여행중이란다. 다음 여정은 어디냐고 물으니 모르겠단다. 생각해봐야겠단다. “히토리데스까(혼자입니까)?” 그렇단다. 실례인 줄 알았지만 궁금해서 나이를 물었다. 75세라고 하셨다.
당시 나는 63세였고 친구와 둘이었다. 그 일본 할머니는 75세였고 혼자였다. 그 여유와 자유로움과 용기는 어디서 나오는 걸까?

문득 사람들의 사고思考의 차이에 대해 생각해보게 되었다. 혹자는 ‘저 나이에 집에 있지, 뭘 저렇게 돌아다녀? 다니다가 무슨 일이라도 생기면 어쩌려고’라고 할지도 모르겠다. 소노 아야코는 노년의 여행에 대해서 이렇게 말한다.
‘젊었을 때야말로 여행지에서 불의의 죽음을 당하는 일을 두려워한다. 남편이 있고 부모가 있으며 자식이 있기 때문에 죽는다는 것도 마음대로 할 수 없었다. 그러나 수명이 다된 마당에 무엇을 두려워할 것인가. 물론 우리들이 두려워하는 것은 죽음이 아니고 그 이전의 상황인 것이다. 여행지에서 움직일 수 없게 되면 고통이 심해지지 않을까 등을 두려워하는 것이다.

어디서 죽든 마찬가지다. 고향에서 죽는다고 해서 무엇인가 좋은 점이 있는 것도 아니다. 지구는 둥글게 이어져 있다. 힌두교의 장례식은 화장으로 하며 그 재를 바다에 흘려보내는데 그렇게 함으로써 죽은 자는 자신이 태어난 대지로 돌아가는 것이다.
외국에서 죽으면 돈이 든다고 걱정하는 사람이 있다. 요즘에는 그것도 준비해두면 간단하다. 자필의 화장 승낙서를 휴대하고 다니면 된다. 그렇게 하면 어느 나라에서건 나를 화장하여 유골로 만들어준다. 유골이라면 운송비도 그다지 들지 않는다. 항공 회사가 싼 가격으로 작은 상자에 넣어 일본으로 가져다주기 때문이다.' _『나는 이렇게 나이들고 싶다』, 소노 아야코, 리수 출판사

이 글을 읽고 눈이 번쩍 떠졌다. 자필의 화장 승낙서, 꼭 필요하다. 70세. 나는 여전히 여행을 꿈꾸고 있고 곧 또다시 여행을 떠날 것이다. 무슨 일이 생길지 모르니, 집에만 있는 건 너무도 아쉬운 일이다. 무슨 일이 생길지 모르니, 준비는 늘 필요하다!

왓츠 인 마이 백!

젊어서는 여행 전날 밤 야근까지 마치고 터미널에 도착해 세수하고 샤워하고 식사하고 아침 비행기나 배로 훌쩍 떠날 수 있지만, 이제 나는 젊지 않다. 그러므로 여행을 떠날 때 꼭 챙겨야 하는 것들.

1. 일단! 병원에 가서 영양제를 한 대 맞거나 협착증, 디스크 증세, 약해진 관절, 혈압 등으로 치료도 받고 약도 며칠분 처방을 받아온다.

2. 그것도 모자라! 혹시나 싶어 약국에 들러 개인적으로 구입할 수 있는 소염제와 영양제도 필수로 챙긴다.

3. 한 달 정도의 긴 여행이라면 염색약도 챙겨야 한다. 물론 여행 전에 미장원에 가서 파마도 하고 염색도 한다.

4. 숱한 세월 김치찌개, 된장찌개를 먹어오던 입맛이니 한 달 동안 먹는 양식은 괴롭다. 고추장 튜브도 몇 개씩 챙겨야 한다.

5. 깜빡깜빡하는 나의 기억력을 믿지 못해서 여권도 몇 번이나 넣었다 뺐다 하며 확인한다. 고로, 여권의 존재 여부를 확인할 수 있는 튼튼한 주머니.

6. 타국에서 가족들의 안부도 챙겨야 한다. 그렇다고 해외에 나가서 전화를 펑펑 해댈 수도 없으니, 어떻게 하면 전화를 싸게 할 수 있는지 이리저리 묻고 자식들의 손을 빌려 준비해두어야 한다.

7. 참참참! 관절약, 파스, 찜질 팩, 그리고 또……

WHAT'S IN MY BAG!

여행이 좋은 진짜 이유

"그리스는 별로야. 산토리니도, 미코노스도 그래. 난 우리집에서 바다를 매일 보잖아. 그래서 그런지 별 느낌이 없더라고."

부산 영도에 사는 친구의 말이다. 아마 젊은이였다면 이렇게 말하지 않았을 것이다. 일단 떠났을 테고 그리스란 단어가 주는 고대적인 중후한 느낌, 하얀 집과 파란 지붕과 에게해의 푸른 바다, 그 멋짐을 입에 올렸을 터인데 우리 70대 친구들의 포커스는 좀 달랐다.

'해외 자유 여행'이란 멋스러운 단어가 주는 풍족함 이상으로, 내가 그 어려운 행위를 스스로 하고 있는 것, 그렇게 그리스란 나라에 와서 지금 이 자리에 있는 것, 그 행위 자체가 더 만족스러운 것이다.

내가 나이듦에 있어서 무기력하지 않고 젊은이들처럼 해낼 수 있는 것, 그 긍정적인 마인드와 용기와 자신감을 가질 수 있는 것, 노년이기에 획득할 수 있는 특별함. 그 자체에 의미가 있다.

간절한 시간

나이들어 여행한다는 것은 어쩌면 내가 몰랐던 세상을 보러 가는 것이 아니라 역으로, 내가 살아온 세상과 내가 지나온 시간을 보러 가는 것인지도 모른다.

여행을 마치고 집으로 돌아와 문을 여는 순간, 코로 스며드는 나의 집냄새와 가족들의 체취에 안도와 편안함을 느낀다. 떠나기 전에는 이 오래된 냄새에서 벗어나고파 했었는데, 여행중 어느 시기부터는 그 냄새가 그리워지기 시작했다. 그 냄새를 맡게 되는 순간, 내가 있어야 할 자리로 돌아왔구나 안도한다. 내 집이 그대로 온전히 거기 있으며, 내 방과 거실에 TV가 놓여 있고 미처 다 못 본 드라마가 방영되는 것을 보는 순간 행복하다. 나의 남은 시간이 이 편안함 속에서 지속될 것이라는 생각에 흡족하다.
어쩌면 나이들어 여행한다는 것은 아직은 이 세상을 영원히 떠날 때는 아니라는 것을, 지금의 내 시간을 확인하기 위함인지도 모르겠다.

늙은이의 시간이 그런 것 같다.
나이들어 혼자서 스스로 계획을 세우고 낯선 나라로 여행을 떠나 좌충우돌 다른 세상을 체험하는 것은 지난 시간을 확실히 깨닫게 되는 시간인 것 같다. 그토록 무료하고 힘들고 짜증났던 그 시간과 그 자리가 그래도 내가 가질 수 있는, 나에게 가장 편안한 것들이었다는 걸 깨닫게 해주는 거다. 새로운 마음으로 가족에게도 이웃에게도 일터에서도 좀더 겸손하게, 좀더 성실히 노년의 시간을 보내게 하는 깨우침의 시간이기도 하다. 꼭 노년만 그러할까.

힘들다면 떠나보라. 그리고 돌아와보라. 자신의 자리, 가장 편안한 자리가 어디인지 느낄 수 있을 것이다. 만약 돌아와서도 그 자리가 편안하다 생각되지 않는다면, 지금의 그 자리는 당신의 자리가 아닐 수도 있다.

사람 구경

외국에서도 사람 구경은 재밌다. 세상엔 별사람들이 다 있다. 그 유명한 에펠탑 앞에서도 에펠탑보다 그 앞에서 서로 껴안고 입을 맞추는 또래의 노부부가 먼저 눈에 들어오고, 어깨를 온통 드러낸 것도 모자라 젖꼭지가 보일 것만 같은 아슬아슬한 옷을 입은 젊은 여인이 눈에 들어온다. 노천카페에서 차를 마시고 있는 할아버지를 보면, 저 노인네가 나보다 나이가 많은지 적은지를 가늠하려 한다. 위병 교대식을 보러 가서도 막상 교대식 그 자체보다 젊은 위병의 고됨이 눈에 들어와 '내 아들 군에서 보초 설 때도 저렇게 힘들었겠지' 하는 생각을 한다. 우리나라 젊은 여행객들의 환한 모습을 보면 일터에서 일하고 있을 딸 생각이 먼저 난다.

스코틀랜드를 여행할 때 시내 투어 가이드를 받았다. 가이드는 본인을 액션 배우라 소개했는데 나이는 좀처럼 가늠할 수가 없었다. 그는 열심히 고객을 이끌고 다니며 안내를 했다. 그는 스코틀랜드식 억양으로 영어를 했는데 내가 알아들을 수 있는 단어는 몇 개 없었다. 그러다 보니 그의 말보다는 다른 것에 눈이 갔다. 그의 행위뿐 아니라 옷차림에도 눈이 갔다. 팔을 들었을 때 옷 겨드랑이 부분이 찢어져 구멍이 나 있었다. 그것도 꽤 크게. 이 가이드가 힘들게 하루를 살아가고 있는 사람이구나 싶어 측은했다. 결혼은 했을까? 미혼일까? 오늘 고객이 다섯 사람, 그가 두 시간 일해서 벌 수 있는 금액이 얼마나 될까? 그는 오늘 오후에도 또 한 건의 일을 맡는 것인가? 투어와는 전혀 상관없는 그의 인생을 추이해본다. 이렇게 노인들은 모든 것을 먹고, 입고, 사는 오직 현실적인 것에 포커스를 맞추어 생각하는 경향이 있다. 그런 기준으로 살아와서 그렇겠지.

그러면서 생각한다. 산다는 것은, 돈을 번다는 것은 세계 어느 곳을 막론하고 참 힘든 일이구나. 이미 오래전부터 인지하고 있던 만고불변의 진리에 또 한번 고개를 끄덕인다.

숙소를 아주 열심히 닦았다

어느 여행 카페에서 본인의 '스튜디오'를 며칠 내놓는다는 글을 보았다. 프랑스 아비뇽에 사는 학생이었는데, 마침 나도 그곳으로 가는 길이었다. '스튜디오'라 해서 나는 사진관을 떠올렸다. 사진관에서 어떻게 잠을 자? 궁금해서 댓글을 달았다. 스튜디오가 뭐냐고. 글쓴이는 개인이 사는 원룸이라고 생각하면 된다고 했다. 며칠 방을 비울 일이 있어서 그사이에 묵을 사람을 구한다는 거다. '스튜디오'란 개념을 그때 처음 알았다. 그때까지만 해도 주로 호텔을 이용했거나 기껏해야 민박 정도였다.

개인이 자신의 방 하나를 빌려주는 곳은 경험을 못해봤다. 남의 집에서 하룻밤 신세 지는 것도 한번 해보고 싶어 예약을 했다.

학생이 혼자 묵고 있는 그 집은 아이스크림 가게가 있는 골목길 사이에 4층 집이라 하였다. 근처까지는 잘 찾아갔지만 주변이 모두 비슷하게 생겨서 어느 집인지 알 수가 없다. 생각하다 못해 염치 불고하고 길바닥에서 학생 이름을 크게 불러댔다. 그랬더니 한 곳에서 창문이 열렸고 한 여성이 고개를 내밀며 "이곳이요~" 한다.
엘리베이터가 없어서 학생을 따라 나선형 계단으로 걸어 올라가는데 내겐 너무 좁고 가팔랐다. 힘겹게 캐리어를 끌고 올라가서 문을 여는 순간! 나는 침묵하였다. 구시가 한복판에 있어 다니기가 좋은 위치였지만 늙은이가 묵을 숙소로는 좀 그랬다. 서울에 사는 우리 딸의 원룸집 형식이긴 한데, 좀더 작고 낡았다.
집주인은 그림 공부를 하는 학생이었다. 집 떠나 이곳까지 와서 공부하는데 넉넉한 집안에서 유학 온 학생은 아닌 듯했다. 더러 아르바이트도 하며 집을 비울 때는 이렇게 손님을 받으며 생활비를 충당하나보다 생각하니 마음이 안 좋았다. 딸 생각이 많이 났다. 나에게 사흘간 방을 빌려주고 받는 돈은 그다지 크지 않았다. 나는 사흘 동안 매일 내 집 청소를 하듯이 구석구석 방을 청소했다. 특히 싱크대를 열심히 닦았다.

집을 비워야 할 마지막날에 맞추어 학생이 돌아왔다. 캐리어를 끌고 역으로 가는 길에 배웅해준다고 따라 나와주었다. 한참 가다가 나는 아주 적은 돈 한 장을 학생의 손에 쥐여 주었다. 학생이 당황해서 뿌리치려고 하는 것을 손에 힘을 주어 말렸다. 정말 소액이었다. 주고 나서도 부끄러웠다. 안 주니만 못했을까 싶어서였다. 그냥 여느 엄마의 보살펴주고 싶은 작은 마음뿐이었다.

하루 벌었다!

헝가리 부다페스트 호텔에서의 마지막날이었다. 귀국을 위해 위탁 수화물로 보낼 것과 기내에 들고 탈 것을 분류하며 야무지게 짐을 쌌다. 체크아웃은 아침 11시. 늦지 않게 부지런히 짐을 싸서 프런트로 갔다. 친구가 키를 반납했다. 그런데 직원의 표정이 어딘가 뻘쭘하다. 친구는 나름의 습득한 영어로 직원과 의사소통을 하다가 대뜸 뒤돌아 나를 부르더니 "우리 몇 밤 잤는데?" 한다.

순간, 아!

직원은 "투모로" 한다. 친구가 예약을 다시 확인하는 동안 직원이 재차 "투모로" 한다. 내일……? 그때야 달력의 날짜를 확인했다. 이 상황에서 기가 차고 코가 차서 처음에는 웃음도 안 나왔다. 프런트에 있던 젊은 사장이 이 황당한 사건에 막 웃으며 서둘러 가방을 엘리베이터 앞으로 다시 옮겨주었고 올라가라고 유치원생에게 하듯 두 손을 올렸다 내렸다 하는 제스처를 한다. 우리는 다시 올라와 룸에서 배꼽을 잡고 웃어댔다. 만약 프런트에서 몇 번이나 확인해주지 않고 고객이 바쁜 일로 하루 먼저 가나보다 하고 체크아웃을 해주었다면 공항까지 가서야 알았을 터이니 아주 난감한 상황이 되었을 거다.

어젯밤에 우리는 분명 E티켓을 보며 일정을 짰다. 여유 있게 3시간 전에는 공항에 도착하도록, 그러니 호텔에서 콜택시를 3시간 30분 전에는 부르도록, 아주 야무지게. 시간은 보면서 날짜는 못 봤나.
이 어처구니없는 상황에 우리는 눈물을 찔끔거리며 웃어댔다. 나이든 세포를 충격요법으로 일으켜세워 젊음의 활력을 주는 것 같다. 생각해보니 나이들수록 이런 신선한 체험은 필요한 듯하다. 안 쓰던 뇌와 뒷목을 쓰는 차원에서 나는 이런 상황을 일종의 '마사지'라 여기기로 한다. 두 늙은이, 다시 늘어지게 잠을 보충하고 이 불가항력적인 사건을 받아들이며 즐거워했다. '하루 벌었다' 하며 상황을 즐겼다.

하루 전이었기에 망정이지 하루 후였다면 결코 웃을 일이 아니다. 또, 젊었더라면 우리는 서로에게 은근히 책임을 전가하며 상대를 힘들게 했을지도 모른다. 그러나 늙은이들은 서로를 위로했다. 판단력도 순발력도 이미 둔해졌음을 스스로 인정하기 때문이다.
"그럴 수도 있지!"
자신의 무지를 당당함으로 무장하기도 하고 뻔뻔하게 받아들일 줄도 안다. 설령 상대의 실수라 하더라도 이렇게 웃으며 넘어가는 지혜로움도 있다. 다툼이 생겨 서로 떨어질 경우, 낯선 나라에서 혼자라는 것이 얼마나 감당 못할 외로움인지, 불안스러운 환경인지 알기 때문이다.
나이를 먹으면 혼자가 두렵다. 젊었을 때는 혼자, 고독, 사색, 그런 멋진 낱말들이 그립지만 노년이 되면 그런 것이 얼마나 두려운 낱말들인지 알게 된다.

Book & Reservation

소싯적 학교에서 배운 영어 단어 'Book'은 나에겐 오로지 '책'이었다. '예약하다'는 무조건 'Reservation'이었다. 공부 못하는 애들도 다 그렇게 알았다. 그러나 대부분의 호텔 예약 사이트에서 아무리 Reservation을 찾아도 보이지 않았다. 며칠 몇 날을 헤매다가 결국 아무거나 눌러보게 되었고, 얼결에 Book을 눌러 예약 단계의 화면을 마주했을 때의 허탈함이란…….
아니, 모두들 예약은 Reservation이라고 배우지 않았나?

'Book, 예약하다'
그 위대한 단어를, 위대한 나이 60이 되는 해에 알게 되었다.

모두 다
한류 덕분입니다

1

러시아 작은 호스텔 데스크에는 한국어에 관심이 많은 직원이 있었다. 그녀는 아침에 나를 보자 기다렸다는 듯 인사를 한다.

"편안히 주무셨습니까?"

어린 아가씨가 어디서 이런 극존칭의 한국말을 배웠을까? 나는 내심 놀라며 반갑게 답례했다. 로비의 정수기에서 뜨거운 물을 받아 커피를 타는 동안에도 그녀는 "왼쪽이 뜨거운 물입니다. 물이 뜨겁습니다. 조심하십시

오" 하며 많이 이상한 억양과 발음으로 친절을 베푼다. 또 "한국 어디에서 왔습니까?" 하며, 데스크 아래를 슬쩍슬쩍 내려다보면서 말을 건넨다. 그녀는 한국어 교재를 펼쳐놓고, 나를 상대로 한국어 공부를 하는 중인 것이다. 그녀의 서툰 질문에 나는 성심껏 또박또박 문법에 맞추어 대답했다. 그녀는 한국어 공부를 시작한 지 얼마 되지 않았다 한다. 열심히 배워서 한국에 가보고 싶다고 했다. 이곳에 한국어학원이 있느냐고 물었다. 그렇다고, 대학에도 한국어교육원이 있지만 대부분은 소그룹으로 공부를 한단다. 그렇게 많은 사람이 한국어를 배우고 있단다.
나는 그 자리에서 한 시간이 넘도록 그녀와 말을 주고받았다. 말을 이상하게 하면 고쳐주고, 존경어와 일반적인 말, 좀더 자연스러운 표현들을 알려주었다.

2

구시가를 구경하러 나선 길에는 기분좋은 도움을 받았다. 젊은 여성 둘에게 길을 물었는데 그들은 우리에게 손짓으로 따라오라 했다. 한참을 걸어야 했고 그녀들은 재잘거리며 앞서 걸었다. 그녀들을 놓칠까봐 부지런히

따라 걸었다. 그러다가 갑자기 뒤돌아서 어디에서 왔느냐고 묻는다. 한국에서 왔다고 했다. 순간 그들은 서로 마주보며 얼굴을 환하게 빛내었다.
여행이냐고 묻는다. 그렇다고 대답했다. 그후 그녀들의 호의는 급이 달랐다. 이런저런 말을 건넨다. 영어가 꽤 유창하다. 그러나 나의 영어 실력은 길을 물어보는 정도가 한계였다. 그녀들은 번역기를 켜서 우리에게 보여준다.
'우리가 당신을 유지.'
무슨 소리인가 싶어 고개를 절레절레했다. 난색을 표하자 안 되겠다는 듯, 무조건 "팔로 미" 한다. '우리가 당신을 유지'가 '우리가 끝까지 데리고 다녀주겠다'는 뜻이었다는 건 나중에 알았다.

두 아가씨는 구시가로 들어가면서 이르쿠츠크에서 가장 크고 화려한 백화점을 소개해주고, 공연장 앞에서는 포스터 속의 배우가 그곳에서 가장 인기가 있는 스타라는 둥, 스토리가 있는 구시가의 장소로 데리고 가서 열심히 영어로, 그것도 영어가 서툰 나를 위해 가능한 쉬운 영어를 사용하려고 애쓰며 가이드 역할을 톡톡히 해주었다. 헤어질 때 그들에게 커피를 사겠다고 했다. 그치만 그들은 커피하우스에서 친구와 약속이 있다며 사양하였다. 그녀들은 늙은 여행객을 데리고 다니면서 얼굴에 웃음을 띠며 마냥 즐거워했다.
그들과 함께할 수 있었던 늙은이의 즐거움은 말해서 무엇하리.

3
또다시 길을 헤맸다. 혼자였고, 큰일을 겪고 싶지 않았고, 어쩔 수 없었다. 옆에서 고개를 맞대고 조잘대고 있는 예쁜 소녀들에게 휴대폰을 보여주며 도움을 구했다. 내가 보여준 화면을 들여다보면서 한 소녀가 머뭇거리며 "안녕하세요" 한다. 오 마이 갓! "한국말 알아요?" 그러나 소녀들은 오직 "안녕하세요"만 알고 있었다. 그래도 많이 반가웠다.
목적지는 승리공원이었다. 그들은 잠시 기다리라며 자신들의 휴대폰으로 검색을 시작했다. 그냥 가르쳐주기만 해도 되는데 내가 많이 할매처럼 보였나보다. 가는 길이 복잡하다며 함께 가주겠다고 했다. 염치 불고하고 소녀들의 에스코트를 받았다. 정말 복잡한 길이었다. 환승도 함께해가며 나는 승리공원역까지 갈 수 있었다. 본인들은 다시 차를 타고 돌아가야 해서 함께 나갈 수 없다며 출구 쪽을 가리켰고, 나가면 바로 공원이 보일 거라고 했다.

이 과한 친절을 어찌하리. 너무 고맙다고 인사했다. 소녀들은 한국 드라마를 너무 좋아한단다. 그래서 내가 반갑고 좋았단다. 한 소녀는 탤런트 송중기의 팬이라고 했다. 이 일을 어쩔 것인가. 내 수중에 송중기 사진이라도 한 장 있으면 좋았겠지만 가방에 항상 넣어 다니는 한국 전통 문양이 새겨진 작은 기념품으로 인사를 대신했다.

헤어질 때 소녀들은 한국말로 "감사합니다" 했고, 나는 러시아어로 "스파시바" 했다. 밝은 미소가 유난히 예쁜 소녀들이었다. 부산의 촌스러운 할매가 러시아의 소녀들에게 이토록 귀한 대접을 받을 수 있었던 것은 그 위대한 한류 덕분이었다.

열심히 노력하는 연기자, 가수, 아이돌과 모든 연예인에게 감사와 애정을 보낸다. 더불어 어떤 분야든 꿈을 가지고 도전하는 젊음에 가슴 벅찬 응원을 보낸다.

우리 '미니 바' 가서 맥주 마실까?

호텔을 예약할 때, 호텔에서 제공하는 정보를 잘 살펴보아야 한다. 숙박료뿐 아니라 조식을 제공하는지, 엘리베이터가 있는지, 드라이어가 있는지 등. 그리고 그중엔 특별해 보이는 단어, 미니 바mini bar도 있다.

호텔 예약을 하고 너무 신나고 자랑스러워 함께 동행할 친구에게도 이 사실을 알렸다.
"그다지 좋은 호텔이 아닌데도 미니 바가 있네. 바에 가서 와인이나 맥주 한잔하면서 좀 쉬자. 모처럼 분위기를 잡아보는 것도 너무 근사하겠다!"
나 혼자 흥에 겨워 떠들어댔다.

첫날, 하루 여정을 마치고 일찍 들어와 바에 가서 좀 쉬자며 친구를 부추겼다. 편안한 옷으로 갈아입고 미니 바를 찾는데, 없다. 뭔가를 먹을 수 있는 곳이라곤 조식을 먹는 홀이 전부였다. 이상하다 싶었지만 프런트에 가서 묻기도 쑥스러워 포기했다.
다음날 숙소 복도에서 청소부를 마주쳐, 미니 바가 어디 있느냐고 물었다. 청소부는 눈이 동그래지면서 없더냐고 한다. 그러면서 불쑥 내 방으로 들어오더니 탁자 아래 작은 문짝을 열어 보인다.
거기에는 미니 바, 미니 냉장고에 차와 찻잔과 유리컵 등이 들어 있었다……!

MINI BAR
ICE

안나 카레니나의 로망

조 라이트 감독의 영화 〈안나 카레니나〉를 생각하면 설경 속의 기차역이 떠오른다. 잘생긴 청년 알렉세이 키릴로비치 브론스키 백작과 안나 카레니나가 만난 곳. 모스크바에서 상트페테르부르크 간을 운행하는 열차였다. 그 장면이 얼마나 강렬하여 나의 로망을 자극했는지 그 순간, 나는 꼭 시베리아 횡단열차를 타고 러시아를 여행해야겠다 다짐했었다.

시베리아 횡단열차까진 아니지만 어쨌든 러시아 열차 여행 그것만으로도 좋다.

열차표를 예매하는 것부터 준비를 시작했다. 러시아 철도청 사이트에 접속했다. 우선 회원가입을 해야 한다. 그리고 본격적으로 루트를 검색하고 예매한다. 일반 항공권 예매와는 다르게 까다롭다. 사전과 번역기를 번갈아 돌려대며 겨우겨우 공란을 다 채우고 마지막으로 결제하기 전, 머뭇거린다. 혹시 실수한 것은 없는지, 다시 리셋, 또다시 공란을 채우고 세심하게 검토를 한다. 이렇게 세 번 되풀이한 끝에 결제를 완료했다.

이번 횡단열차에서 내가 타는 경로는 이르쿠츠크에서부터 모스크바까지였다. 이르쿠츠크는 시베리아 초원로를 따라 주위에 세워진 도시들 가운데에서 근 400년의 역사를 가진 가장 오래된 도시다. 19세기에 들어서는 상트페테르부르크에서 발생한 데카브리스트의 난에 참여한 100여 명의 장교와 폴란드 반역군 및 몰락 귀족들의 유배지가 되면서 유형지流刑地로 변하게 되었다. 우리가 잘 알고 있는 톨스토이의 『부활』이 탄생할 수 있었던 곳이기도 하다.

이르쿠츠크역 대합실로 들어가는 입구에는 캐리어를 끌고 들어갈 수 있는 좁은 보안 통로가 있고 보안 요원 두 사람이 그곳을 지키고 있었다. 소비에트사회주의공화국 연방이 해체되고, 러시아연방공화국으로 거듭난 지가 언젠데, 내 눈에는 아직 예전의 분위기가 남아 있는 듯 보인다. 사람들의 표정이 대부분 딱딱하다. 군복을 입고 장총을 멘 보안 요원도 보인다. 사람을 꿰뚫어볼 것만 같은 매서운 눈매는 꽤 위압적이다. 우리가 사진을 찍으려 하니까 날카롭고 단호한 제스처로 제압을 한다.
보안 요원에게 열차 티켓을 보여주며 어디서 타야 하는지 물었다. 전광판을 가리키고는 기다리란다. 기다리면서 자리를 여러 번 옮겨 앉는 우리를 놓치지 않고 지켜보고서는 시간이 다 되어가니 저쪽 통로로 내려가라고 눈짓, 손짓으로 알려준다.

열차를 타는 그 시간, 비가 내렸다. 비 내리는 이르쿠츠크역 플랫폼의 낭만적이지는 않지만 조금은 스산한 분위기가 시베리아 횡단열차라는 단어에 부합되는 듯하여 여행객의 기분으로 나쁘지는 않았다. 승무원의 표정에도 부드러움은 없다. 할일을 한다 뿐이지 친절은 없다. 캐리어를 들고 끙끙거리며 열차에 올라타 맞닥뜨린 현실, 좁다. 순간 이곳에서 사흘 밤낮을 어떻게 지낼지 걱정이 앞섰다.

열차는 달리기 시작한다. 자작나무 숲이 보이기 시작한다. 영화 〈닥터 지바고〉에서 본 시베리아 설원과 자작나무는, 이번 여행에 또하나의 환상을 보태준 것 중의 하나다. 그러나 환상은 환상일 뿐. 내 눈에는 가늘게 말라비쭉하기만 하다. 좀더 달리다보면 쭉쭉 뻗은, 하늘을 감추어버릴 듯 울창한 자작나무가 보이겠지 기대했지만 내 꿈에 도취된 그런 풍경은 나타나지 않았다. 겨울이 아니라 여름이어서 그렇다고 계절 탓을 해본다. 대신 넓은 초원 사이로 간간이 보이는 삶의 흔적들은 어떤 생태계에서도 소멸하지 않는 인간의 강한 속성을 느끼게 해, 먼지로 흐려진 차창 밖 풍경을 보는 재미가 그 기대를 충족시킨다.

잠시 기착지에서 쉬어갈 때면 모든 승객은 내려서 햇볕을 쬐거나, 담배를 피우거나, 우르르 매점으로 달려가 필요한 것을 산다. 무엇을 팔러, 작은 캐리어를 끌고 나온 아줌마에게 과일 몇 가지가 든 봉지 하나를 사서 열차 안으로 들어왔다. 열차는 이내 출발한다. 과일을 먹으려고 봉지를 열어보니 모양이 얄궂다. 낙과를 그대로 주워 담은 듯한 모양새다. 단골이 생길 수 없으니 그래도 된다고 생각했을까?

우리가 열차 안에서 먹거리를 위해 조달받을 수 있는 것으로는 온수가 전부다. 온수로 커피와 컵라면을 끓여먹을 수 있다. 식사시간만 되면 열차 안이 온통 라면 냄새로 그득하다. 화장실은 열차 한 칸에 하나씩 있는데, 세수도 하고 볼일도 봐야 하니까 한 번 들어가면 나올 생각을 안 한다. 식수는 수도꼭지 입구에 손을 대고 있어야 나온다. 손을 떼면 물이 끊긴다. 수압이 낮아서가 아니라 물 낭비를 막기 위해서인 듯하다. 그래도 수압은 세다. 이 물로 머리를 감는 사람도 있단다. 나는 사흘 동안 머리는 안 감고 고수했다. 내가 일주일 풀코스로 횡단열차를 타지 않은 이유가 이것이다. 도저히 수도꼭지에서 손으로 물을 받아 머리를 감을 용기는 나지 않았기 때문이다. 화장지도 자주 떨어져 그럴 때마다 승무원에게 말하고 조달해와야 한다.

책을 보려 하는데, 등이 나가버렸다. 이것은 곤란하다.

승무원에게 갔다. 승무원은 영어를 한마디도 못한다. 그냥, 나를 뚫어지게 쳐다만 본다. 할 수 없이 손을 붙들고 일으켜세워 룸으로 데려와 형광등을 가리켰다. 그때서야 알았다는 듯 전기 스위치를 올렸다 내렸다 한다. 강하게, 약하게. 아마 열 번 정도는 올렸다 내렸다 한 것 같다. 그러더니 안 되겠다는 듯 나를 잠시 보더니 그냥 간다. 새 전구를 가져오는 줄 알고 기다렸으나 그녀는 오지 않았다. 한참을 기다리고서야 안 오는 줄 알았다. 이 상황이 너무 웃겨 혼자 웃었다.

그냥, 그대로 열차는 달린다. 열차가 이동하면서 새로운 도시로 접어들면 시차도 조금씩 생긴다. 같은 러시아 땅인데도 시차가 생긴다는 것을 그제야 알아챘다. 비가 오다가 그치다가 한다. 하늘은 구름 색을 여러 가지로 바꾸며 그림을 그려낸다. 때로는 구름 한 점 없는 맑고 푸른 얼굴을 보이기도 한다. 그럴 때 문을 열면 여름임에도 오싹 찬 기운이 느껴지는 시베리아의 바람이 열차 안으로 들어와 한 바퀴 쓸고 간다. 그렇게 어느 역에 도착했을 때다. 열차가 끼—이익 덜컹거렸고 바퀴가 어딘가 부딪치는 듯한 소리가 들리더니 형광등 불이 켜진다. 어처구니없기도 하고, 반갑기도 해서 또 혼자 웃었다.

86시간, 사흘 하고도 반나절. 좁은 공간에서도 씻고, 자고, 먹고, 배설하고, 읽고, 이웃을 사귀었다. 그동안 우리의 이층 칸에는 세 번의 이사가 있었다. 두 팀의 러시아 부부, 두 명의 러시아 청년이 그곳에 머물렀다. 특히 마야와 엘리시엘 부부는 적극적이었고 친절했고 우리에게 많은 것을 양보해주었다. 나도 과일 같은 것을 몇 번 나누어주었다. 우리는 그들이 이층 칸을 떠날 때, 기차 문 앞까지 나가 배웅하고 뜨거운 포옹으로 작별을 했다.
"할머니, 조심하고 건강하게 잘 다녀요!"
마야는 거듭거듭 염려 섞인 인사말을 준다. 그들은 영어 한마디 할 줄 몰랐고 우리는 러시아어 한마디 못한다. 오직 '스파시바'이다. 그래도 우리는 서로의 말을 알아들었다. 참된 감정이 통하니 가능한 일이었다.

한국에 돌아와서도 서너 번 메일을 주고받았다. 그들은 한국어와 영어를 못하고 우리는 러시아어와 영어를 못한다. 구글 번역기를 돌렸다. 그들도 구글 번역기를 돌리는 듯했다. 한국어로 도착한 메일은 어순도 뜻도 이상했지만, 나는 모두 이해했다. 그들도 내가 러시아어로 보낸 메일을 그렇게 이해했을 것이다.

양손에 피자 맥주를 들고 도망치다

리투아니아 샤울레이 십자가 언덕에서 빌뉴스로 가는 길에는 잔비가 흩뿌렸다. 도만타이 터미널에 도착하니 버스 시간이 50분 정도 남았다. 먼길을 오느라 아침만 먹고 점심은 거른 상태였다. 간단히 요기를 하기로 했다. 시간이 많지는 않아 가장 가까운 피자집에 들어갔다. '피자=콜라'가 공식이지만 그날따라 공식을 깨고 맥주를 주문했다. 그런데 피자를 얼마나 성성스레 만드는지 30여 분이 지나도 안 나온다. 우리는 초조해졌다. 당장 나온다 한들 언제 먹느냐고. 우리는 주문 취소를 부탁했다. 안 된단다. 이미 피자가 다 만들어졌단다. 금방 나오니 조금만 더 기다리란다. 어쩔 수 없이 포장을 부탁했다. 문제는 맥주였다. 이 또한 취소가 안 되니 일회용 컵에 담아주겠단다.

피자 한 박스에 맥주를 한 컵씩 받아들고는 부랴사랴 버스터미널로 향했다. 다행히 버스는 아직 도착하지 않았고 우리는 버스를 기다리는 동안 피자를 해치우기로 했다. 버스 안에서 피자 냄새를 풍길 수는 없으니까.
의자에 피자 박스를 펼쳐놓고 바쁘게 먹고 있는데 어디선가 누군가의 고함소리가 들린다. 뭔 일인가 싶었지만 우리는 온 정신을 피자에 집중했다.
그런데 형광연두색 조끼를 입은, 관리 요원으로 보이는 건장한 젊은이가 우리에게 다가와 낯선 말로 소리친다. 두 늙은이, 화들짝 놀랐다. 대충 이런 말이었다.
"뭐하는 짓이냐, 여기서! 얼른 치우지 못하겠느냐!"
연신 "Sorry"라 말하며 피자 박스를 정리하고, 각자 마시던 맥주를 들고는 버스가 있는 곳으로 뛰어갔다. 헐레벌떡 뛰는데, 한 모금밖에 마시지 못한 맥주가 출렁이며 넘치려고 한다. 그 반동에 더는 뛸 수가 없다. 잠시 멈추어, 맥주가 흘러넘치지 않을 정도로 크게 한 모금 마셨다. 그랬는데…… 형광 조끼, 이분이 어디 숨어 있다가 나오셨는지 뒤따라오며 더 큰 고함을 질러댄다.

“&^*%$#! @#$%*&^%$#@!!!”

알아들었다. “정말 경찰서 가봐야 알겠는가?” 그런 말이었다. 그가 보는 앞에서 맥주를 땅바닥에 부어버리고, 얼굴이 시뻘게지도록 뛰어서 버스에 올라탔다.

러시아에서는 펍 이외의 장소에서 맥주캔만 들어도 잡혀간다는 무시무시한 글을 읽어 알고 있었지만, 리투아니아에도 그 규율이 있는지 몰랐다. 다른 나라에선 길을 걷다가 혹은 레스토랑이나 노천카페에서 시원한 맥주를 마시는 것이 일상적이었으니, 미처 생각지 못했던 것이다.

브라보, 마이 팁!

푸른 동굴은 카프리섬 해안에 있는 유명한 해식동굴이다. 햇빛이 물속의 빈 동굴을 통과해 바닷물을 만나면서 푸른색이 반사되어 동굴 안을 비춘다. 그래서 푸른 동굴이란 이름이 붙여진 곳이다. 우리는 그곳까지 배를 타고 가기로 했다. 푸른 동굴로 가는 똑딱선 티켓을 13.5유로에 샀다. 선착장에서 푸른 동굴 입구까지 15분이 채 안 걸리는 걸 보면 표가 비싼 편이다. 배는 고기잡이배처럼 작다.

똑딱선을 타고 가는 동안 바라본 카프리섬의 풍광은 정말 빼어났다. 작은 배가 바다 가운데로 들어서자 바람과 파동에 꽤 흔들린다. 출렁이는 똑딱선에서는 그 당시 한창 세계를 휩쓸고 있던 노래 〈강남스타일〉이 울려퍼져 우리를 기분좋게 했다. 프랑스에서 여행 온 젊은 여성 둘이 작은 선실 가운데에서 풍악에 맞추어 몸을 흔들어대며 흥을 돋운다. 그 흥에 다른 승객들도 앉아서 몸을 흔든다. 여행의 맛과 흥이 한껏 느껴지는 시간이다.
똑딱선은 푸른 동굴까지는 들어갈 수 없다. 동굴 입구가 작아서 작은 보트 한 대만 들락날락할 수 있다. 동굴 입구에는 여행객을 태워줄 작은 보트들이 쉴새없이 움직이고 있었다.
이 보트는 1인 12.5유로다. 뱃사공에게 직접 돈을 주고 탄다. 그리고 그 외에 팁도 반드시 챙겨줘야 한다는 것을 어느 여행 블로그에서 읽었다. 팁을 얼마나 주느냐에 따라서 푸른 동굴에서의 시간이 늘어나기도 줄어들기도 한단다. 그렇게 알고는 있었다.

우리는 일본 청년 둘과 함께 보트에 탔다. 보트 양쪽으로 두 사람씩 나눠어 뒤로 눕듯이 앉아야만 한다. 푸른 동굴로 들어가는 입구가 아주 작고 낮기 때문이다. 우리 뿐만이 아니라 뱃사공 아저씨도 동굴 입구를 지날 때는 완전히 뒤로 누워서 들어가신다. 키를 잡는 솜씨가 보통 숙달된 사람이 아니면 안 되겠다.
뱃사공은 바로 립서비스를 시작한다. 어디에서 왔느냐고 묻고, 한국에서 왔다고 하니 바로 인사를 건네는데 "하이, 강남스타~알~" 하더니 느닷없이 "욕봤다!" 하신다. 깜짝 놀랐다. 아저씨가 우리가 부산 할매들이란 것을 알 턱이 없을 텐데, 사투리로 그 정겨운, 욕봤다는 인사를 주시다니. 부산 사람들이 가르쳐주었나보다.
이때가 눈치를 채고 바로 팁을 드려야 하는 타임이었다. 친구에게 속삭였다.
"지금 팁을 줄까?"
"무슨 팁! 뱃삯을 12.5유로나 냈는데, 그 속에 팁이 포함된 거지. 뭘 또 줘."
맞는 말인 것 같다. 일본 청년들도 그냥 있다.

동굴 안은 어두웠고 신비했다. 어둠 속에서 눈이 차차 익고 푸른 바다가 바로 손에 잡힐 듯 보트 아래서 출렁이는 게 보였다. 뱃사공은 승객의 흥을 돋우기 위해 〈강남스타일〉〈돌아오라 소렌토로〉〈나폴리 맘보〉를 목청을 높여 불렀다. 동굴 안을 보트로 도는 데는 10분이 채 안 걸린 듯했다.

동굴을 다시 누워서 빠져나왔다. 푸른 동굴의 광경도 좋았지만 입구를 누워서 지나다니는 그 체험도 생경하고 재미있었다. 이제 똑딱선으로 다시 옮겨 타야 한다. 여전히 뱃사공의 현란한 립서비스는 이어졌고, 그 즈음 일본 청년들이 지갑을 여는 게 보였다. 팁을 받은 아저씨는 이제는 우리를 마주보고 노골적으로 강남스타아~알, 노래를 힘차게 불러댄다. 친구는 넉살 좋게 뱃사공을 마주보며 강남스타아~알, 하며 흥을 맞춰준다. 카프리 푸른 바다에 시원한 바람이 불고 배는 마구 흔들린다.

"팁을 줘야 할 것 같아. 청년들도 줬잖아."

친구에게 속삭이며 가방을 열어 지갑을 꺼냈다. 나는 아저씨의 진한 눈빛을 마주하며 더는 버티기가 힘들었다. 그랬더니 친구가 내 손을 강하게 막는다.

"뭘 줘! 꼴랑 10분밖에 안 태워줬는데. 뱃삯을 줬잖아. 뱃삯도 적지도 않았는데!"

"그래도 분위기를 봐서는 줘야 할 것 같아. 청년들도 주는데 우리가 안 주는 것도 그렇잖아."

"그라믄 5유로만!"

친구 말대로 5유로짜리 지폐를 찾으려고 지갑 속을 더듬는데, 늙은 손이 흔들리는 보트에서 제대로 움직여지지 않는다. 순간, 그놈의 지폐 몇 장이 스르르 지갑 속에서 빠져나오더니 내 손을 거치지 않고 바람에 실려 간다.

"엄마야!!!"

친구도 나도 손으로 그것들을 잡아채는데, 아~ 지폐들은 이미 거센 바람 따라 저만치 위로 솟구친다. 지폐를 잡으려고 일어서는 순간, 보트가 휘청 흔들리며 나를 도로 눌러 앉힌다. 정신 못 차리고 허둥지둥하고 있는데 여기저기서 휙휙~ 휘파람 소리가 들려온다. 브라보~ 박수 소리도 들린다. 갑자기 바람을 타고 두둥실 날아오르는 돈들을 보고 이 배 저 배에서 신이 나서 내지르는 소리다.

BRAVO
MY TIP!
1309

관장약을
일본어로 어떻게?

일본 큐슈로 온천 여행을 갔을 때의 일이다. 동행 친구가 약방엘 좀 들르자고 한다. 오래도록 배낭여행을 하다 보니 과민성 체질이 되어서인지 '그 약'이 필요하다는 것이다. 동네 골목에 위치한 작은 약국으로 들어가니 젊은 약사가 우리를 반갑게 맞는다. 일본어를 전혀 못하는 친구가 영어로 약을 찾는다고 말했다. 친구의 발음이 이상했는지, 약사가 영어를 모르는지 고개를 갸우뚱한다. 친구는 나를 간절히 바라본다. 내가 일본어를 조금 한다지만 '관장약'은 나도 모른다.

내가 난색을 보이자 친구가 익숙하게 보디랭귀지를 펼친다. 몸에 힘을 주고 인상을 쓰며 손가락으로 엉덩이를 찌른다. 나는 바로 알겠는데 일본 약사는 고개만 갸우뚱한다. 친구의 계속되는 손가락으로 엉덩이를 찌르는 보디랭귀지에 그제야 알아챘다는 듯, 놀라면서 손사래를 친다. 그녀의 손사래를 보고 관장약은 안 파는가 싶어 나가려고 하니 약사는 다급하게 강조한다. 그런 것은 다른 약방에도, 어디에도 안 판다고. 그것을 약방에서 팔면 큰일난다고. 펄쩍 뛰듯이 놀라며 하는 말을 듣고 우리는 그녀가 주사기를 연상했다는 것을 알아챘다. 친구가 손가락으로 찌른 부위가 좀더 정확했어야 했는데, 어정쩡하게 엉덩이 뒷부분을 찔렀으니 그리 알아들었을 수도 있겠다.

친구는 다시 끙, 하며 용을 쓰는 제스처를 취해본다. 이번에는 약사가 변비약을 내어놓는다. 친구는 먹는 약이 아니라 투입하는 약이라고 말하고 싶어한다. 적나라하게 정확한 부위에 집게손가락을 꽂으며 "워터" 한다. 그제야 약사는 손바닥을 탁! 치더니 기다리란다. 그렇게 관장약을 손에 넣은 우리들은 한바탕 웃었다.

작은 생선 피자

저녁 무렵 후쿠오카의 밤을 구경하러 거리로 나왔다. 서울, 부산 여느 도시의 풍경과 같다. 여기저기 백화점, 술집, 미장원 앞에서 행인들에게 종이 한 장씩을 건네는 호객 행위가 있다. 나도 종이를 한 장 받았다. 이자카야에서 500엔 할인 이벤트를 한단다. 가벼운 호주머니로 들어가기 괜찮은 듯 보였다. 그 이자카야는 피자 전문점이 아닌데도 피자 종류가 몇 가지나 된다. 게다가 난생 처음 보는 메뉴도 그곳에 있었다.

Little Fish Pizza.

'작은 생선 피자?' 생선살을 발라 빵에 넣는다든지, 토핑으로 얹나보다 대충 예상하고, 그다지 우리 입맛에 엇나가지는 않을 거라 기대하며 리틀 피시 피자를 주문했다.

무슨 이런 피자가 다 있어……?

아주 작은, 멸치볶음으로 쓰는 볶은 잔멸치가 그대로 토핑으로 올라와 있다. 여과되지 않은 멸치의 짠맛이 그대로다. 주방장의 넘치는 개발력으로 탄생한 메뉴가 아닌가 추측해볼 뿐이다. 리틀 피시 피자는 그후로 우리 여행담의 단골 메뉴가 되었다.

그리스 할배 남자친구

'하늘의 기둥'이라 불리는 메테오라에 가기 위해 아침 일찍 버스 센터를 찾아갔다. 혼자 센터 안으로 들어가 티켓을 구입하고 나왔다. 그사이 친구는 선글라스를 낀 멋진 그리스 할배와 버스 센터 앞 벤치에 앉아 열심히 토크중이다. 나는 자리를 슬며시 피해 다른 쪽에 앉았다. 버스 출발 시간은 널널하다. 순발력이 떨어지니, 이동할 때는 항상 시간을 넉넉하게 갖는 편이다. 여유롭게 앉아서 친구를 기다렸지만 이제나저제나 토크가 끝나질 않는다. 유럽인 남자친구를 만들 모양이다.

버스가 예정보다 20분 늦게 도착했다. 센터 앞에 버스가 도착하는 줄 알고 줄기차게 기다렸는데, 살짝 비켜서 센터 옆 골목에 정차한다. 뒤늦게 알고서 숨가쁘게 버스를 잡아탔다. 친구와 이야기 나누던 할배도 함께 탔다. 버스는 좁은 동네 골목 사이를 비집고 달린다. 차창을 통해 보이는 풍경은 근사했다. 숨이 좀 가라앉자 친구가 유럽 할배 이야기를 한다. 내 생각이 어느 정도 맞았다.

"할배가 혼자 산단다. 마누라 죽은 지 꽤 됐고. 내 보고 어디서 왔느냐고 해서 한국에서 왔다고 했다. 그랬더니 굉장히 먼 곳에서 왔네 하면서 자기는 동양인 여자도 좋다네! 내보다 10살이나 어리고. 내 나이 말하기 그래가 좀 낮차 말했다. 키키. 그래도 영어 공부 좀 해볼까 싶어서, 메일 주소 알캬달라고 했더마는 그런 건 안 한단다. 폰도 옛날 구식 폴더 폰이다. 자기 집은 여기서 조금만 가면 된단다. 혼자 산다고 자꾸 그라네."
"할배가 많이 외로운갑다. 외로운 처지끼리 한번 잘해 보시지."
"안 그래도 할배가 외모는 꽤 괜찮아 보여서 생각이 좀 있었는데 스마트폰도 없고, 컴퓨터도 안 한다는데, 방법이 없다 아이가. 나이에 비해서 사람이 영 꽉 막힌 것 같네. 마 텄다~!"

차창 밖으로는 아름다운 집들이 옹기종기 모여 있다. 그리스 할배가 내리신다.

"할배 집이 여긴갑다."

"동네가 참 예쁘다. 나중에 내려올 때 할배 집에 한번 찾아가볼래? 커피 한잔 얻어 마시고 오자."

"그라다가 붙잡히면 우짤라꼬~"

"그 김에 눌러앉아 살아뿌지 뭐~"

나이를 먹으면 마음의 자물쇠가 아무 곳에서나 열린다.

모닝 펍이 있는 동네에서의 한 달

런던의 외곽인 3존은 유색인이 많이 사는 동네인 듯했다. 이 동네는 만원 버스가 오가고, 하루에도 앰뷸런스와 경찰차의 사이렌이 시도 때도 없이 울리고, 때때로 고성도 들리는 곳이었다. 그런 사람 사는 동네였다.
내가 이 동네에서 한 달 살고 싶은 마음이 들었던 것은 'DRUM FOOD'라는 음식점 때문이다. 멀리서 보아도 오래된 전통이 느껴지는 집. 그다지 넓지 않은 공간이있고 바닥에는 오래된 양탄자가 깔려 있고, 작은 페치카에서는 따뜻한 불이 정감 있게 피어오른다. 조식은 4.99파운드. 갓 만들어 내오는 음식은 따끈하고 부드러우며 맛있을 뿐 아니라 푸짐하다. 맥주도 카운터에 일렬종대로 종류별로 늘어서 있다.
오전인데 온통 할아버지들이다. 그들은 모두 앞에 맥주잔을 두고 있다. 한 테이블에 한 분씩 앉아서 서로 이야기를 나누고 계신다. 한 잔을 다 마시고 나면 호주머니에서 동전을 꺼내어 또 한 잔의 생맥주를 주문하러 나간다. 꽉 찬 맥주 한 잔을 들고 와서는 또 토크다. 한마디로 이곳은 이 동네 사랑방.

우리 옆자리에는 정장 차림을 한 뚱뚱한 할머니가 오시더니 맥주만 한 잔 시키셨다. 할머니는 아무것도 안 하고 그냥 반듯하게 앉아서 홀을 둘러보시며 맥주를 마신다. 한 잔을 천천히 다 마시더니 여느 손님들과 마찬가지로 동전을 꺼낸다. 그렇게 또 한 잔을 받아들고 자리에 앉는다.
그때, 키 작은 할아버지가 들어오셨다. 할머니를 보더니 "어, 누구~" 하며 오랜만에 보는 듯 반가워한다. 다가가 안아주면서 양쪽 뺨을 번갈아 맞대는 인사를 나눈다. 이 동네에서는 흔한 풍경인지 몰라도 나에게는 영화에서나 본 장면이다. 이 훈훈한 풍경이 너무 좋았다. 다 늙은 할머니 할아버지가 나누는 그런 인사는 정말 보기 좋다.

다음날엔 저녁에 이곳을 찾았다. 이 동네에서 일주일을 머물면서 나흘을 이곳에 들렀다. 어느새 낯익은 할아버지들이 보였다. 누가 먼저랄 것도 없이 우리는 눈인사를 나누며 아는 체를 했다. 바쁜 날에는 그냥 지나치면서 유리창 안으로 할아버지 할머니들이 얼마나 오셨나 기웃거렸다. 런던의 일정이 짧았다고 생각된 것은 이 식당에 미련이 많이 남아서였다.

1년까지는 아니어도, 한 달만이라도 이 동네에 살면서 매일 4.99파운드의 조식을 먹고, 페치카 앞에서 불을 쬐며 맥주도 마시고, 책을 보며, 더러더러 꾸벅꾸벅 졸기도 하고, 매일 보는 친한 얼굴이 나타나면 양쪽 얼굴을 부비며 유럽식 인사도 나누고 싶다.

PUB
OPEN

인생은 아름다워

영화 〈패션 오브 크라이스트〉를 감명 깊게 본 친구와 함께 영화 촬영지인 마테라에 가보기로 했다.

마테라로 가는 길, 작은 알베로벨로역에서 앳된 일본 남학생을 만났다. 동양인을 쉽게 볼 수 있는 지역은 아니어서 남학생이 눈을 동그랗게 뜨고 우리를 보며 반가워했다. 남학생도 마테라로 간다고 했다. 그러지 않아도 마테라로 가는 길이 만만치 않다고 생각해서 두려웠는데, 젊은 동행자가 생겨서 마음이 든든했다. 그러나 홀로 자유여행을 즐기고자 온 젊은이가 두 늙은이를 부담스러워

할지도 몰라 조금 떨어져 뒤처져 행동했다.
열차가 역으로 들어오자, 학생은 우리에게 손짓해 타는 것을 도와준다. 지역 열차여서 자유석이다. 총각은 스스럼없이 우리가 앉은 자리에 와서 함께 앉았다. 예쁜 총각과 통성명을 했다. 나이는 21살, 대학교 3학년. 학교에서 그룹 여행을 잠시 다녀온 것 말고는 자유 여행은 처음, 유럽 여행은 처음이라고 한다. 너무나 싹싹하게 말을 붙이고 예의 있게 행동한다. 우리는 손주가 있는 할머니들이라 소개했다. 예쁜 총각이 뜸도 들이지 않고 "We are all friends"라며 밝게 웃어준다. 막내아들보다 더 어린 스물하나의 젊은이가 환갑이 넘은 우리에게 스스럼없이 "We are all friends"라고 해주었다.
그 말엔 어떤 황홀감이 있었다. 청년의 한마디가 60년 굴곡진 인생에 보상처럼 느껴졌다. 우리는 정말 Good friends가 되었다. 짧은 동행이었지만, 우리는 마테라 버스터미널에서 같이 사진을 찍고는 진하게 이별의 인사를 나눴다.
청년의 목소리로 들은 "We are all friends"는 귓가를 오래 맴돌다, 뒤늦게 나의 목소리로 "인생은 아름다워"가 되었다.

소파에서 일어나
자유 여행!

1

9박 11일 패키지 여행의 막바지, 대형 관광버스가 도착한 곳은 멋지고 근사한 쇼핑센터 앞이다. 내리고 싶지 않았지만 모두가 내리는데 홀로 버스에 남아 있는 것도 좀 그렇다. 좋으나 싫으나 일단 둘러보아야 한다. 그다지 사고 싶은 물건이 없지만 가이드를 위해서라도 작은 것 한두 개라도 구입해줘야 한다는 게 우리네 인정이다. 다른 사람이 들고나오는 커다란 쇼핑 봉투를 보면 왠지 주눅이 들고, 가이드 보기에 미안하기도 하다. 왠지 비

싸게 사는 것 같은 찜찜한 느낌도 버릴 수가 없다.
쇼핑센터뿐 아니라, 패키지 여행에서는 현지에서 선택해야 하는 옵션들도 꽤 있다. 게다가 그 옵션들에, 함께 간 친구들 간의 의견 차이가 생기기도 한다. 영자는 보트 타는 일정을, 숙자는 시푸드 레스토랑에 가는 일정을 원한다. 그러다 결국 여행 막바지에 서로 얼굴을 붉히는 상황이 발생하기도 한다. 그렇게 여행을 다녀와서는 수십 장의 사진들이 남는다. 모두 나란히 앉아 있거나 서 있거나 한 단체 사진들이다. 정작 그곳의 배경은 모두 가려져 있거나 잘려 있다.

11일 동안에, 그것도 가는 시간과 오는 시간 제외하면 여행지에 머무는 건 고작 9일. 또, 국경을 넘나들며 이동한 시간을 제외하면 정말 얼마 되지 않은 시간을 여행지에 머물렀다. 시차 때문에 졸면서 해롱댔던 시간은 또 어쩌고……. 그러니 9박 11일 동안 5개국을 다녀온다는 게 말도 안 되는 우스운 일이긴 하다.

TV 채널을 돌리다보면, 세계 여행 프로그램을 쉽게 볼 수 있다. 작은 마을들과 골목길. 아이들이 뛰어놀고 있는 좁은 골목길. 동네 할매 할배들이 담소를 나누는 소박하고 아담한 카페. 그곳에서 함께 차 한잔 마실 수 있는 자유 혹은 여유…….
그걸 볼 때마다 '아! 나도 저런 자유로움을 누려보고 싶다' 하는 충동을 느낀다. 하지만 그런 건 패키지 여행으로는 즐길 수 없다. 패키지 여행으로 갔으니 그 나라 현지인과 마주치며 말 한 번 섞을 일도 없다.
숙이 엄마, 훈이 엄마, 영자 할매와 함께가 아니라 이젠 그냥 나 혼자 훌훌 떠나고 싶다. 낯선 도시에서 이방인이 되어 자연스러운 속도로 스미는 여행다운 여행을 하고 싶다. 이제부터는 나도 '자유 여행'을 할 거다!

2

교토에는 '철학의 길'이란 명소가 있다. 영국의 노 철학자 앨런 맥팔레인이 쓴 『손녀딸 릴리에게 주는 편지』에 철학의 길이 언급되어 있어서 그곳에 가면 뭔가가 있을 거란 기대를 가득 가지고 갔는데, 그 충격은 이루 말할 수 없었다. 내게는 우리나라에서 흔히 볼 수 있는 개천 정도의 장소로 느껴졌다. 얕은 개울물이 흐르는 주변으로 여름에는 가로수가 우거지고, 봄에는 벚꽃이 피어 운치가 있지만 그 정도 규모의 경치는 우리나라에서도 얼마든지 볼 수 있다고 생각되었다.
이곳은 '교토 여행을 가면 꼭 가보아야 할 곳' 리스트에 올라 있다. 그 이후 '명소'란, 단어 그대로의 의미 '유명한 장소'인 동시에 '사람들에게 많이 알려진 장소'라는 의미라는 것을 깨달았다.
물론 내가 그곳에 갔을 때 나의 처지나 상황이 그곳을 제대로 받아들이지 못한 거라고도 볼 수 있겠다. 그래서 여행자에게 '타이밍'이 중요하다는 말이 있는지도 모른다. 누구나 좋다고 하는 곳을 누구나 다 좋아할 수는 없는 것. 그래서 여행의 색깔은 다채롭다.

우리는 남이 좋다고 하는 것을 본다. 누구에게도 알려지지 않은, 아직 드러나지 않은 아름다운 장소도 정말 많을 텐데, 그곳에 가본 사람이 없기에 그곳이 얼마나 아름다운지 우리에게 알려지지 않았다.
어쩌다 TV에서 유명 연예인이 다녀왔다고 요란을 떨며 프로그램이 몇 주씩 방영이 되면 그곳이 뜬다. 어쩌면 우리나라에 알려진 세계의 명소는 TV 속에서부터 생산되어 나오는지도 모르겠다.

3

딸이랑 프라하에서 말로스트란스카 지하철역으로 가는 길이었다. 낯선 남자 무리가 우리 뒤를 따라 걸으며 "우~ 우~ 우~" 하길래 처음엔 우리를 위협하려는 줄 알고 가슴이 쿵쾅거려서 뒤도 돌아보지 않고 바쁘게 걸었다. 그랬는데 대뜸 동양인 청년이 우리 앞으로 불쑥 나서면서 한국인이냐며 인사를 한다. 로마에서 온 각국의 신학생들이고, 방학을 맞아서 유럽 지역을 여행하는 중이라고 했다. 두려움이 반가움으로 바뀌었다. 그때부터 우리 뒤를 따라 걸으며 "우~ 우~ 우~" 했던 게 노래가 되어 들려왔다.

지하철역 광장으로 들어서자, 그들은 우리 모녀를 둘러싸고 주머니에서 악보를 꺼내어 들여다보면서 서툰 발음으로 "사랑해 당신을"이라고, 손으로 팔로 리듬을 맞추어가며 본격적으로 소리 높여 노래 불렀다. 그들을 인솔해온 자그마하고 유쾌한 한국인 신학생이, 그들에게 〈사랑해〉라는 노래를 알려주었단다.

그 광경에 주위에 있던 여행객들이 모두 발길을 멈추고 즐거운 눈으로 우리를 쳐다본다. 순간 광장은 로맨틱한 공연장이 되었다. 딸과 나는 가끔 그때를 생각하면서 그

신학생들께서는 지금쯤 모두 신부님이 되셨을까 궁금해한다. 황홀과 행복, 잊히지 않는 추억거리는 자유로이 여행하는 여행자들의 몫이다.

2부

할줌마는 즐겁습니다

아줌마 vs 할머니

"할머니, 할머니!"

누가 할머니를 찾나보다 했다. 그런데 잠시 후 누군가 내 어깨를 살포시 잡으며 나에게 얼굴을 들이민다. 기차 티켓을 보여주며 "여기서 타는 것 맞아요?" 하고 묻는다. 나는 그제야 깜짝 놀라서 "네. 네. 네. 맞아요!" 했다. 날 부른 사람은 꼬맹이도 아니고 군 베레모를 쓴 건장한 청년이었다.

할머니. 할머니라니……. 날 부르는 소리인 줄 전혀 몰랐다. 아무도 몰래 고개 숙여 혼자서 킥킥 웃었다. "아줌마, 아줌마!" 했으면 나는 바로 뒤돌아보았으려나 하고.

내 딴에는 여행을 떠나는 아침이라 일찍이 머리를 감고, 구르프도 말고, 분 바르고, 눈썹도 그리고, 입술도 좀 칠하고, 꾸민다고 꾸미고 나왔는데. 그렇게 설레며 상쾌하게 인천공항으로 향하는 길이었는데. 착각은 자유다. 나는 올해 71살이 된다. 만으로는 70살이다. 맏손주가 초등학교 4학년생이 된다. 그러니 할매 중에서도 완전 중할매다. 나 스스로 오래전부터 '할매'라 자청하고 나섰으면서도 아직도 할매가 아닌 아줌마라는 호칭이 심중에 자리를 차지하고 있었던 거다.

인천공항에서 일행을 만나 이 이야기를 해주었더니 모두 "와~" 하고 웃는다. "청년이 어깨를 툭 잡은 게 이 할매가 귀가 갔나보다 생각해서일 거다."
친구가 한번 더 놀리자 모두 왁자하니 웃는다. 그렇게 한껏 웃는 친구들을 본다. 모두 먼길 간다고 열심히 단장하고 나왔다. 하얀 분가루 속에서 웃을 때마다 잔주

름, 굵은 주름이 그 세월을 말해준다. 모두 한국전쟁 즈음에 태어난 사람들이다. 그후로도 어렵고, 어렵고, 어려웠던 시간을 지나온 사람들이다. 이제야 이런 작은 여유로움이라도 얻을 수 있는 시간이 왔다. 우리 모두 앞으로의 시간에 축복 있으라.

이웃집 할머니의 조언

"그 글이 보이나배요."

아파트 놀이터에서 손주를 데리고 계신 할머니와 안면을 텄다. 손주를 잠시 돌봐주러 왔는데 한 달 정도 계실 거란다. 우리집 옆옆 동이란다. 심심하셨는지, 책을 보고 있던 나에게 말을 건넨 것이다.

그랬는데 다음날 낮에는 손주를 데리고 우리집에 놀러 오셨다. 내가 "놀러오셔요"라 말한 기억은 없는 것 같아서 그의 방문이 당황스럽긴 했지만 반가웠다. 말 붙일 사람이 그리우셨나보다.
이런저런 이야기를 하다가 작년에 아들네랑 함께 동남아로 여행 다녀온 이야기를 자랑삼아 하시며 어디어디가 좋더라고 하신다. 나는 동남아는 못 가보고 유럽만 몇 번 가봤다고 하니까 어디가 좋더냐고 물으시는데, 갑자기 생각이 정리가 안 되어 버벅거렸다.
"여기저기 안 가고, 한 번 갈 때 한 나라만 가서 많이는 못 가봤어요" 했더니 놀라면서 "그 비싼 돈을 주고, 왜 한 나라만 가요" 하신다. 자기 아는 사람은 얼마 주고 어느 나라, 어느 나라 갔다 왔다면서 유럽은 동남아보다 비쌀 낀데, 안타까운 듯 말씀하신다. "전 이제는 한 나라가 아니고 한 도시에만 가고 싶은데요" 하니까 답답하신 듯 "아이고, 어리석제, 돈 아깝구로. 단디 알아보면 싸게 여러 나라 가는 거 많아요!" 하신다.

할머니가 가시고 난 뒤에 어디가 좋았나 하고 찬찬히 생각해봤다. 여행을 막 다녀와서는 항상 아쉽고, 다녀온 그곳에 다시 가고 싶어진다. 유명한 장소나 아름다운 풍경도 좋지만, 소소한 즐거움이 있었던 곳이 더 그립고 애틋하다. 좋은 사람을 만났거나, 입에서 녹을 만큼 맛있는 것을 먹었거나, 고생을 오지게 했거나, 특별한 추억이 있는 곳이 그립다.

할머니의 조언이 생각나 자꾸 웃음이 났다. 내 남은 모두를 걸 만큼 내가 하고 싶은 여행은 어떤 여행일까?

할매는 부재중

요즘 자고 일어나면 몸이 예사롭지 않다. 딱히 어디가 아파서라기보다 전신이 피로하고 무력감을 느낀다. 순간순간 무력감에 퍼질러 누워 마냥 눈 감고 자고 싶다. 그럼에도 불구하고 몸을 일으켜 다음 여행을 구상하고, 망설임 끝에 티켓을 산다. 얼마나 남아 있는지 알 수 없는 이 삶을 나는 어떤 형태로든 버텨야 하기 때문이다.

내 블로그 이름은 '할매는 항상 부재중'이다.
'할매는 파리 여행으로 부재중', '할매는 일본 여행으로 부재중', '할매는 러시아 여행으로 부재중' 등으로 나는 지금 집에 없음을 알리는 문패를 내걸었다.

언젠가 마지막 그 시간이 왔음을 직감하는 날, 나는 '할매는 천국으로 여행중' 문패를 내걸 것이다. 그럼 내 아이들이 많이 슬퍼하지 않을 것 같다. 엄마는 여전히 멋진 곳을 여행중이구나, 할 것 같다. 이런 생각으로 아침의 무력감과 우울감이 싹 가셨다. 꿈이 있으면 그 두근거림만으로도 인생은 살 만하다.

버킷 리스트

나의 버킷 리스트에는 단 한 줄이 적혀 있다.

—산티아고 순례길 걷기

젊은 사람들이나 가는 곳인 줄 알았는데, 언젠가 TV에서 보니 유럽 할매 할배들은 70이 넘어서도 잘 가더라. 나라고 못 가라는 법 있겠는가?
심지어 루트도 마음속에 이미 다 정해놓았다. 프랑스 생장피에드포르에서부터 산티아고 데 콤포스텔라까지 약

800km이다. 일반적인 걸음으로는 한 달이 걸린다고 한다. 나는…… 60일? 아니, 더 느려도 좋다. 80일쯤 잡아보자.
단, 영감이 문제다. 영감을 혼자 집에 놔두는 것은 한 달이 최고치다. 늙은 영감이 집에서 썰렁하게 지내면서 혼자 밥 챙겨 먹는 것은 싫다. 어떻게 해서든, 영감이랑 같이 가고 싶다.

"영감, 당신 일 그만두게 되면 우리 산티아고 갈까?"
뜬금없는 내 말에 가만히 있는 영감. 한참을 있다가 한마디한다.
"거가 어덴데?"
그 말에 나도 말문이 막혔다. 나도 한참 만에 대답한다.
"억수로 먼 데."

영감은 내 말에 또 한참을 그냥 있다. 영감은 TV에서 순례자들이 지팡이를 짚고 걸어가는 모습, 그들의 인터뷰를 본다. 열심히 본다. 그리고 프로그램이 끝나갈 때쯤이었던 것 같다.
"가보지 뭐."

70에 못 가면 80에 가자. 지팡이 짚고 걷는 노부부의 모습을 머릿속에 그린다. 걷다가 무슨 일 생기면 앰뷸런스를 부르더라도. 내 생애 단 하나 남은 버킷 리스트이다.

저도 젊습니다

나이 먹으면 다리만 떨리고 가슴은 떨리지 않는다고 생각하는 사람들이 있나봅니다. 80이 되어도 90이 되어도 아름다운 것을 보면 가슴 설레고 슬픈 것을 보면 가슴 아프고, 좋은 글을 읽으면 감동합니다.

'여행은 다리 떨릴 때 가지 말고 가슴 떨릴 때 가라'라는 말이 있습니다. 저는 여전히 가슴이 떨리고, 청춘이고, 젊습니다. 조금 늦은 감이 있지만 그 말이 맞다고 생각하는 이유는 멋진 풍경 앞에서 슬쩍 눈가를 적시는 뜨거움들이 나를 팽팽하게 살아 있게 해주거든요. 젊었을 때 흘리지 못한 그 눈물들을 나이들어 흘리려고 합니다. 누군가는 저더러 참 주책이라고 할지 모르겠지만, 흑백 사진 속의 내 젊음이 아직도 내 가슴 안에 박혀 있답니다. 다리 떨려도 좋고, 가슴 떨려도 좋고 다 좋은 게 인생입니다. 그래서 오늘도 저는 여행중이랍니다.

나이가 들면
어디서나 넉살이 좋아진다

일본의 어느 온천은 규모가 커서, 온천 단지 안에 스테이지에서 가부키 공연을 한다. 저녁식사와 온천을 즐기고 나면 한국에서 쉽게 접할 수 없는 특별 공연을 보며 여행을 즐기는 시간이다. 공연이 시작되기 전, 작은 테이블을 사이에 두고 관객이 하나둘 모여 앉기 시작한다.

우리 앞쪽에는 술 한잔을 걸친 듯한 50~60대 일본 남자분들이 왁자하니 자리를 차지하고 앉으셨다. 그들은 남편과 나의 대화를 듣고서는 우리가 한국인인 걸 인지했다. 자꾸 눈을 마주치려 하신다. 말을 걸고 싶었던 거다.

매번 눈길을 피할 수가 없어서 내가 눈을 마주치며 눈인사를 했다. 그 순간 그 아저씨는 말을 걸 타이밍을 놓치지 않고 이렇게 말했다.
“당신들은 무엇이무니이까?”
자신이 한국말을 안다는 것을 알려주고 싶고 반갑다는 인사를 하고 싶었던 거다.
다시 한번 “당신들은 무엇이무니이까?” 한다.
갑작스러운 이상한 질문에 대답을 찾지 못하고 있는데, 그때까지도 일본 아저씨들과 얼굴을 마주치지 않고 무대 쪽만 바라보고 있던 남편이 얼굴도 돌리지 않은 채 대답을 한다.

“우리는 사람이무니이다.”

그 대답에 팍~ 웃음이 터져나왔다. 상대는 남편의 말을 알아들었는지, 못 알아들었는지 모른다. 나는 자꾸만 터져나오려는 웃음을 참지 못하고 화장실로 뛰어가 한참 동안 웃음을 토해냈다.

비틀스 아니고 부산 할매들

평균 나이 65세. 부산 할매 다섯이 스위스로 자유 여행을 떠났다. 베른과 로잔 사이에 위치한 이름도 생소한 프리부르Fribourg주의 빌폭스빌리지, 그곳에 고향 후배가 운영하는 한인 민박이 있다. 프리부르까지는 교통의 요지 인터라켄OST역에서 출발하여 두 번 환승하고 다시 지역 열차를 타고 두 정거장 더 가야 빌폭스빌리지라는 작은 마을이 나온다.

무사히 역에 도착해 후배에게 전화했다. 역에서 나와 조금만 걸으면 숙소가 보인다는 말에 서둘러 역사를 빠져

나와 걸었다. 그런데 아무리 걸어도 숙소 비슷한 것도 안 나온다. 뭔가 이상하다 싶어 주위를 살폈다. 잘못 내렸다. 한 정거장 못 미쳐 내린 것이다. 당황했지만 되돌아가서 다음 열차를 기다릴 상황은 아니다. 다음 열차는 몇 시간 뒤에나 있다. 한 정거장 못 미쳐 내렸으니 한 정거장만 더 가면 되겠구나 생각했다. 이미 꽤 걸어왔으니 조금만 더 걸으면 다음 기차역이 나올 거라 생각했다. 늙은이의 순간 판단이 이리 어리석을 수가 없다. 버스가 아니라 기차다. 기차역 한 정거장이지 버스 한 정거장이 아니었던 것이다.

기찻길을 따라 걸을 수는 없어 버스가 달리는 넓은 차도로 나왔다. 걸을 만한 도로가 아니었지만 방법이 없었다. 무려 한 시간 가까이 차도 옆 좁다란 길을 걸었다. 키 작은 동양 할매 다섯이, 그것도 주위에 집들도 없는 넓은 차도에서 나란히 일렬로 캐리어를 끌고 가니, 사람들 눈에는 요상한 그림이겠다.
도대체 저 할매들, 어디서 온 할매들이며, 어디로 가는 중인가?

빌폭스빌리지 기차역엔 무인 자동 발매기가 있었다. 이곳에 머무르는 닷새 동안 이 작은 역사에 역무원이 있는 것을 딱 한 번 보았다. 우리나라 시골 간이역 같다. 철도 건널목에 눈에 익숙한 차단기도 보인다.
"우리 초등학교 앞 건널목 철길 같지 않나?"
"진짜. 나도 그렇게 생각했는데."

민박집 후배는 우리의 안부를 물으며 매일 저녁 우리 방에 들렀다. 고향 나라에서 온 우리를 위해 치즈와 와인을 준비해 함께 식탁에서 조촐하게 파티도 열었다. 와인이 두어 잔 들어가자 후배는, 우리가 궁금하지만 물어보지 못했던 그녀의 로맨스를 들려주었다.
후배 부부는 부산 아시안게임에서 취재기자와 자원봉사자로 만났단다. 영문학과 재학중에 자원봉사자로 현장에 나갔다가 지금의 스위스인 남편을 만난 것이다.
어느 날, 남자는 부산을 돌아보고 싶은데 안내해줄 수 있겠느냐고 물었더란다. 그녀는 영어를 공부할 기회가 되기도 하겠다 싶어 흔쾌히 승낙했고, 그 이후에도 대회가 끝날 때까지 그들은 그렇게 어울렸단다. 아시안게임이 끝나고 그는 스위스로 돌아갔지만 둘 사이에 오가는 편지는 그들을 계속 이어주었다. 그렇게 사랑이 싹텄고, 어느 날 그가 프러포즈를 했단다. 그러나 그녀는 그 프러포즈를 받아들일 입장이 아니었다. 그녀에게는 초등학교 5학년생 아들이 있었다. 그녀는 이혼을 하고 아픈 시간을 넘기는 중이었다. 아픔을 이기려고 늦은 나이에 다시 공부를 시작하였고, 선택한 과목은 영문학이었다. 그런 인연으로 그와 만나게 된 것이다. 둘의 사이가 이렇게 발전될 거란 생각을 해본 적이 없었던 그녀는 자신의 과거와 아들의 존재를 굳이 알리지 않았다. 그러나 그의 프러포즈를 받게 되자 그녀는 죄인이 된 것 같은 기분에 사실을 말할 수밖에 없었다. 자주 오던 편지가 뚝 끊겼다. 그녀는 체념했다. 사랑이 그런 거려니 하고.
그런데 다시 편지가 왔다. 편지에는 이렇게 쓰여 있었다. 왜 미리 말하지 않았느냐고, 나는 지금의 당신을 만났을 뿐이라고. 잠시 생각을 정리하고 부모님에게도 말씀드리느라 답장이 늦어지게 됐고 프러포즈한 마음에는 변함이 없다고 하더란다. 그 당시만 해도 국제결혼을 쉽게 결정할 수 있는 것은 아니었는데, 오랜 고민 끝에 그녀는 그의 프러포즈를 받아들였다. 그녀는 5학년생 아들을 데리고 스위스로 왔다. 그리고 사랑과 믿음 하나로 낯선 나라 스위스에 들어와 결혼식을 올렸다.

우리는 이 나이든 여인의 멋진 사랑에 감동했다. 세기의 사랑이 여기에도 있었네. 그날 밤 와인에 취해, 그녀의 사랑에 취해, 거푸 "스위스의 아름다운 밤이여"를 외치며 건배했다.

THE GRANDMOTHERS

웬수

한 친구가 독백한다.

"여기 오니까 웬수 같은 영감탱이가 조금 생각나네."

또 한 친구가 독백한다.

"혼자 보기 좀 미안스럽네."

그 말에 오래전 혼자가 된 친구도 한마디 덧붙인다.

"아이고, 뭐가 그리 바빠서 이런 풍경도 못 보고 그리 빨리 갔노."

웬수도 사랑하게 만드는 아름다운 풍경이 있다.

원희는 몇 짤?

마흔 중반을 넘은 아들이 컴퓨터를 새로 구입했단다. 오로지 스타크래프트 게임을 하기 위해서.
하루는 집에 갔는데, 아들은 게임을 하고 아들의 두 아들놈은 아버지 뒤에 서서 열심히 응원을 하고 있다. 참, 기가 찬 일이긴 하지만 스타크래프트는 내가 아들에게 전수한 거나 다름없으니 할말이 없긴 하다.

내가 컴퓨터를 처음 시작한 것이 아마 마흔다섯 즈음이었지 싶다. 전유성의 책 『PC통신 일주일만 하면 전유

성만큼 한다』로 시작했다. 어디 가서 배울 만한 곳도 여의치 않아 혼자서 책 한 권 들고 끙끙거리며 씨름했던 시절이다.
그때는 전화 모뎀을 사용했다. PC를 연결해서 뚜뚜뚜뚜하는 소리가 한참 들리다가 연결이 되던 때였다. 접속하는 곳은 천리안, 나우누리 등이었다. 그러다가 조금 지나 광역망으로 바뀌면서 비교적 인터넷을 쉽게 사용하는 시대가 왔다.
통신 발전 과정을 말하고자 하는 것이 아니라 그렇게 PC통신이 인터넷으로 넘어가고 초고속 인터넷망이 설치되면서 재미있는 게임이 대중화되고, 많은 사람이 고스톱, 맞고 등에 재미를 붙일 때 나는 스타크래프트를 시작했다는 것을 말하려고 하는 것이다.

처음에는 그런 입체적인 게임이 있다는 것이 신기했고 모니터에서 울려나오는 듯한 착각을 일으키게 하는 웅장한 동물 소리 같은 것이 사람을 자극하는 묘한 뭔가가 있었다. 처음에는 컴퓨터를 상대로 게임을 했다. 내가 잘 다루고 생산을 잘 해낼 수 있는 종족은 프로토스였다. 스타크래프트 게임은 시작하고 몇 초가 가장 중요하다. 그 전반 몇 초에 승패가 결정된다. 아무튼 나는 혼자서 열심히 컴퓨터를 상대로 프로토스를 생산해내는 연습을 하며 재미있어했고, 가뭄에 콩 나듯 컴퓨터를 이기기도 했다. 그 재미에 자신감이 붙어 급기야 다른 사람과 배틀을 해보고 싶어져 배틀넷에 접속했다.

처음에는 내가 프로토스를 생산해내는 속도가 뛰어났기 때문에 상대 게이머들이 굉장히 긴장을 했다. 만만치 않은 놈이 들어왔구나, 생각하는 듯했다. 그러나 조금 지나 내 실력이 그 이상은 아니란 것을 알아챘다. 시간이 지날수록 그들은 나를 외면했고 나는 퇴장당하기 일쑤였다. 내 전적이 나와 있기 때문이다.

그러다 한 친구를 만났다. 그의 아이디는 Wangchow(왕초)였다. 우리는 꽤 긴 시간을 전투하였다. 할 만한 상대였다. 아마 왕초도 그렇게 생각했던 것 같다. 다음부터 왕초는 내가 방을 만들어놓으면 기다렸단 듯 총알같이 들어왔고, 어떤 때는 자기가 방을 만들어놓고 내가 들어올 때를 하염없이 기다리기도 했다. 그렇게 우리는 정이 들었다. 그러나 우리의 인연이 오래갈 수는 없었다. 왕초의 실력은 하루가 다르게 치고 올라갔기 때문이다. 이제 나는 더이상 그의 상대가 될 수 없었다. 그는 자신의 실력을 업그레이드해줄 다른 대상을 찾아 떠났다. 그의 실력은 일취월장이었다. 그러다가도 내가 상대를 못 만나 오래 대기하고 있는 것이 보이면 불쌍해서인지 들어와 주기도 했고, 때로는 팀플레이에 나를 끼워주기도 했지만 그것도 시간이 지날수록 기대할 수 없게 되었다. 나를 끼우는 것은 패배를 각오하고 시작한다는 뜻이었다.
그러던 어느 날, 날 데리고 장난치듯 게임을 하는 게 눈에 보였다. 왕초의 종족이 얼마나 느리게 움직이던지. 뜬금없이 채팅창으로 문자가 날아왔다.

"원희는 몇 짤?"

순간 당황하기도 했지만 너무 웃겼다. (내 게임 아이디는 Wonhee였다.) 아마 왕초는 그동안 내 게임 스타일이나 실력을 보고 내가 어린 여자아이, 아니면 여중생 정도일 거라 생각했을지도 모르겠다. 나는 정직하게 대답했다.

"원희는 50짤."
바로 답이 왔다.
"원희가 50짤이면 나는 100짤."

혼자 모니터 앞에서 얼마나 웃었는지 모른다. 그후 그는 내가 접속해 있다는 것을 알면 꼭 내 방을 찾아 들어와 "50짤 원희야 안녕~" 인사를 하고는 바로 나가버리기도 하고, 때로는 나를 불러놓고 "50짤 원희야 안녕~" 하고는 바로 나를 내보내기도 했다. 그 행위가 너무 귀엽고 재미있어서 나는 게임을 하지 않아도 일단 들어가 왕초가 나를 찾을 때까지 기다리기도 했다.

그렇게 시간이 지나고, 아들이 제대해서 돌아왔다. 나는 나의 스타크래프트 프로토스 생산력을 아들에게 전수하고 은퇴했다.

왕초는 몇 살이었을까? 그는 배려심과 유머를 가진 꽤 괜찮은 친구였다는 생각을 한다. 왕초를 못 만난 지도 20년이 넘었으니 어쩌면 지금쯤 철딱서니 없는 50짤 정도가 되어 있지 않을까 추측해볼 뿐이다.

스타킹

친구 아들의 결혼식이 있는 날이다. 모처럼의 외출이기도 하고, 결혼을 축하하는 자리인 만큼 옷매무새에 신경이 좀 쓰였다. 내 딴에는 꽤 괜찮은 투피스를 찾아 입고 스타킹을 신으려 하는데, 새 스타킹은 없고 신었던 것들이 뭉쳐져 있다. 올이 터졌거나 문제가 있는 쪽들은 버리고, 멀쩡한 쪽은 아까워서 못 버리고 놔두었던 것들이다. 얼핏 보기에는 표가 나지 않는데 밝은 데서 보면 한쪽이 약간 더 짙은, 누가 봐도 짝짝이다. 그래도 괜찮을 듯해서 신었다 벗었다 하며 고민한다.

아들 방문을 열었다. 아들은 아직 자고 있다. 흔들어 깨웠다. 몇 번을 흔든 끝에 겨우 몸을 뒤척여 눈을 뜬다.
"엄마 스타킹 봐줘."
뭔 말인지 못 알아듣는 듯하다.
"엄마 다리 봐봐. 스타킹 짝짝이 같아? 표가 나나?"
그제야 알아듣고는 졸리고 귀찮은 목소리로 답한다.
"할매 다리 아무도 안 본다."
순간, 내 손바닥이 아들 등짝으로 내리꽂혔다.

결국, 스타킹을 벗어버리고 집에서 꽤 떨어진 마트까지 찾아가서 새 스타킹을 사 신었다. 그날따라 참 서운하게도, 오래 화가 풀리지 않았다.

목욕탕 1

토요일에는 목욕탕에 간다. 일주일에 한 번쯤은 등을 밀어야 시원하다. 습관이다. 주말이라 해도 여름부터 초가을까지는 목욕탕에 손님이 없다. 그래서 좋다. 그러나 겨울이 되면 이야기가 달라진다.

그날 아침은 유난히 사람이 많았다. 등밀이 기계는 하나뿐인데 등을 밀 사람은 많아 사람들이 줄을 선다. 줄은 사람 대신 비누, 샴푸, 린스 등이 선다. 그날은 네가 먼저니, 내가 먼저니 할 만큼 사람이 많았다. 양보는 없다. 등만 밀면 다행이겠는데 우리 동네의 많은 할머니들은 온 전신을 다 민다. 문에 '등밀이 기계로 등만 미세요'라고 적힌 종이가 붙어 있어도 소용없다.

그날은 도저히 못 기다리겠다 싶었다. 그래도 등이 땀으로 빽빽하게 채워진 것 같아 등을 꼭 밀고 나오고 싶었다. 옆 아줌마도 등밀이 줄을 예의 주시하고 있다. 누가 새치기하지 않나, 본인의 비눗갑을 뒤로 밀어놓지 않나 살피는 거다. 내가 조용히, 조심스럽게 말했다.
"우리 서로 등 밀어줄까요?"
예전에 두어 번 물어봤다가 거절당하고부터는 안 했는데 그날따라 도저히 참을 수가 없는 거였다. 빨리 목욕탕에서 나가고 싶기도 했다. 제의를 받고 잠시 표정 없이 침묵하던 아줌마가 내 쪽으로 돌아앉는다. 나는 등을 돌려 앉으면서 죄인처럼 자꾸만 "가운데만 밀어주세요"를 반복해 말한다. 때가 꽤 나온다. 아줌마 차례다. 아줌마는 등에서 때가 하나도 안 나온다.
"때가 안 나오는데요. 그만 밀게요. 피부 버려요."
"매일 헬스하고 탕에 오니까요."
아줌마는 당당하게 대답한다.

그렇게 5분이면 해결될 등밀이를 얼마나 기다렸는지. 서로가 등 밀어주는 풍경이 사라진 지가 얼마나 되었는지 기억도 나지 않는다. 사람들에게 이 이야기를 했더니 등밀이 기계 그런 것도 있느냐고 놀란다. 그 반응에 나는 또 놀라며 그들에게 등밀이 기계 사진을 보여준다. 사람들이 '신기하게 생겼다' '처음 본다' '재미있다' 한다. 내가 좀 많이 살긴 했나보다.

목욕탕 2

그날도 주말의 목욕탕이었다. 손님이 많지는 않았는데 어디선가 큰소리가 난다. 그런가보다 했는데 조금 있으니 좀더 큰소리가 난다. 고개를 들어 보았다. 50대쯤 되어 보이는 두 아줌마 사이로 큰소리가 오고 가고 하더니 어느새 일어서서 맞서 있다. 그러더니 한 아줌마가 한 손으로 상대의 가슴팍을 툭툭 치면서 큰소리를 낸다. 상대도 질세라 같이 가슴팍을 툭툭 밀친다. 밀침이 가벼운 듯하더니 급기야 듣기 힘든 쌍욕을 하면서 가슴팍을 쳐댄다. 한 아줌마가 힘에 밀리는 듯 "아이쿠" 하며 뒤로 삐끗한다.

"조심해서 싸워요!!!"

나도 모르게 큰소리가 나왔다. 목욕탕 바닥이 시멘트다. 넘어지면 어쩌려고 그런 몸싸움을 하나. 나이 먹으면 가만히 있어도 목욕탕에서 미끄러지고 사고가 나는데, 자칫하면 뇌진탕이다. 걱정이 되어서 한 말이긴 한데 '싸우지 마세요'가 아니라 '조심해서 싸우라'니. 내 말의 실수를 뒤늦게 깨닫고는 혼자서 당황해했다. 그 상황에 아무도 내 말에 신경 안 썼겠지만 어쩌면 나는 싸움 구경을 은근히 즐기고 있었는지도 모르겠다.
몇몇 사람들이 칸막이 너머로, 옆으로 싸움 구경을 하느라 고개와 몸을 치켜들고 내밀고 있다. 아무도 말릴 생각을 안 한다. 어느 젊은 아줌마 입가에는 슬며시 미소가 어리기도 했다.

새삼, 목욕탕 안을 둘러봤다. 넓은 목욕탕 가운데에 작은 미온탕이 있고 양쪽으로 때를 미는 좌식 공간이 있고, 들어오는 입구 옆으로는 샤워대가 있다. 가운데 작은 탕 둘레에는 아가를 안은 젊은 할머니와 젊은 할머니의 등을 밀어주는 젊은 엄마가 보인다. 그 옆에는 허리가 굽고 쪼글쪼글한 할머니가 느리게 느리게 혼자서 몸을 씻고 계신다. 몸을 삐쭉 내밀고, 샤워기로 몸에 물을 뿌리며 싸움을 구경하고 있는 젊은 여인들도 있다. 뒤태가 날씬한 아가씨 둘이 긴 머리를 출렁이며 샤워를 하고 있다. 내 옆에는 나보다는 조금 더 나이들어 보이는, 많이 뚱뚱한 할머니가 열심히 자신의 몸을 씻고 있다. 몇 아이에게 젖을 먹였는지 그 역할을 다하고 이제는 쓸모가 없게 된 젖통이 가슴 중간을 덮을 만큼 내려와 있다.
그날따라 목욕탕 안의 풍경이 눈에 시원하게 들어왔다. 보기 좋았다. 그냥 좋았다. 정겹고 푸근했다. 두 아줌마의 싸움 덕분이었다.

옛날에 엄마와 언니와 함께 다녔던 목욕탕을 잠시 떠올렸다. 1960년대에, 집과 가까운 곳에 목욕탕이 없는 사람들은 전차를 타고 남의 동네까지 가기도 했다.
엄마와 목욕탕에 가는 날은 완전히 살가죽 한 겹이 벗겨진다고 생각할 만큼 모질게 밀렸다. 때밀이가 있던 시절도 아니었다. 수건을 꼭 짜서 돌돌 말아서 사용했다. 그러나 그렇게 해서 한 달 묵은 때를 벗겨내는 데는 한계가 있다. 타월 안에 작은 돌멩이를 넣어서 감싼다. 그제야 수건은 때밀이로써 제 역할을 한다.

명절 때가 되면 며칠 전부터 목욕탕 앞에 긴 줄이 늘어서 있었다. 한 달에 한 번이 아니라 1년에 한 번 가는 사람들의 시간이기도 하기 때문이다. 목욕탕 문이 열리기도 전에 가서 기다리고 있다가 들어가기도 했다. 그뿐만이 아니다. 긴 줄의 순서를 빼앗기지 않으려고 가족들끼리 교대로 줄을 서기도 했다. 그런 날은 탕에 회색빛의 때가 둥둥 많이도 떠다녔고 목욕탕 아줌마가 망태를 들고 들어와서 때를 걷어냈다. 토요일, 일요일 목욕탕에 가면 친구들을 많이 만났다. 친구들의 언니, 엄마도 만났다. 발가벗은 몸으로 어른들께 인사했다. 우리 엄마에게도 인사를 시켰다. 우리는 모두 벗은 몸으로 인사를 했다. 그 자리에서 친해져서 친구의 엄마는 우리 엄마 등을, 우리 엄마는 친구 엄마의 등을 밀어주며 첫인사를 나누었다.
엄마가 바빠서 못 가는 날이나 목욕비를 아끼고 싶어서 우리만 보내는 날에는 단단히 일렀다. 옆에 어른들에게 꼭 등 밀어달라고 하라고, 그냥 오면 절대 안 된다고 신신당부했다. 어른들은 아이들만 온 것을 보면 자진해서 내 아이처럼 등을 밀어주기도 했다. 예전의 동네 목욕탕은 그랬다.

아뿔싸!

일요일이다. 영감은 모임에 나가고, 혼자서 점심을 뭘 먹을까 고민하다가 짜장면 생각이 났다. 우리 동네 중국집 짜장면은 모두 5,500원이다. 그런데 한 정거장쯤 떨어진 곳에 3,900원짜리 짜장면집이 생겼다. 윗도리를 걸치고 나갔다. 산책 삼아 슬슬 걸어갔다. 짜장면집 앞에 서서 아차, 호주머니를 더듬었다. 아뿔싸! 지갑을 안 가져왔다. 집으로 돌아올 수밖에 없었다. 한 정거장을 다시 걸어서 돌아왔다. 배가 고파왔다. 못 먹고 왔다 생각해서인지 유난히 짜장면 생각이 더 났다. 집에 들어가 카드가 들어 있는 손지갑을 얼른 찾아 들고 집을 나서 또 한 정거장쯤을 걸었다. 배고픔의 신호를 받고 있는 터라 나도 모르게 걸음이 빨라졌다. 숨이 약간 가빠왔다.
짜장면집 문을 열려고 하는데 입구 유리창에 '현금 가격 3,900원'이란 글자가 커다랗게 적혀 있다. 아뿔싸! 보통 때는 비상금으로 10,000원짜리 지폐를 한 장 정도는 넣어놓는데 하필 이날은 지폐 한 장 안 들어 있다. 맥이 확 풀렸다. 그냥 돌아가려다 걸음이 너무 아까워 문을 살며시 열었다. 아르바이트생과 눈이 마주쳤다.
"짜장면, 카드는 안 돼요?"
아가씨 묘한 표정으로 고개만 절레절레한다. 무안하기도 하고 내가 상대에게 너무 불쌍한 노인네로 보인 것 같아 나도 모르게 "우리집에 현금 있는데……" 했다. 아르바이트생은 말없이 더 얄궂은 미소를 띤다.

허망하게 되돌아오며 '할 수 없지 5,500원짜리라도 먹자' 생각했다. 집 쪽으로 걸어왔다. 이제부터는 산책이 아니다. 맥이 다 빠지고 배가 고파 휘청하려 한다. 다른 짜장면집에 다다르기 전 24시 마트가 보인다. 짜짜로니 두 봉지를 사 와서 집에서 해 먹었다.

중화요리
상하이 반점
CHINESE RESTAURANT
짜장면
3900원
(현금가)

다음날엔 어쩐지 복수를 하고 싶은 마음과 짜장면 먹고 싶은 마음이 두루 섞여 마음을 다부지게 먹고 짜장면집으로 갔다. 그런데 그날엔 문에 전날과는 다른 하얀 종이가 붙어 있다. '금일 휴업.' 다리가 푹 꺾인다.

다시 일주일 후, 짜장면집을 찾았다. 5,000원짜리 지폐도 있고 10,000원짜리도 몇 장이나 있다. 몇 번이나 지갑을 챙겼다. 영업중이었고, 기분좋게 짜장면을 시켰다.
3,900원짜리만큼의 비주얼이지만 충분히 흡족했다. 한 입 넣다가 아차, 코트와 머플러를 벗었다. 짜장면 양념이 옷이나 머플러에 튀면 곤란하다. 얼마나 벼르던 3,900원짜리 짜장면이었던가. 양념까지 싹싹 깨끗이 그릇을 비웠다. 천천히 코트를 입고 스카프를 걸쳤다. 가방을 챙겨 들고 유유히 짜장면집을 나왔다.
11월의 좋은 날씨이고 배가 부르니 발걸음도 여유롭다. 느릿느릿 저만치 가고 있는데 뒤에서 누군가가 외치는 소리가 바람결에 들려온다. 그런가보다 하고 아무 생각 없이 그냥 걸었다. 갈라지는 듯 째지는 듯한 목소리가 계속해서 들린다. 그제야 뒤를 돌아봤다. 한 사람이 나를 잡으려고 막 뛰어오는 것 같다.

"돈~~~~~요~~~~~! 돈~~~~~! 헥헥……."
화들짝 놀라서 뛰어오는 사람을 향해서 나도 막 뛰어갔다. 얼마나 급히 뛰었는지 발이 접쳤다. 이런, 계산도 까먹고 내 배만 채웠다.
"고의가 아닙니다. 절대 본의가 아닙니다."
나는 연신 머리를 조아리며 돈을 냈다. 나의 본의가 아님을 아는지 모르는지 아가씨의 입가에 미소가 스쳤다.

나는 용감했다

버스를 타고 집으로 돌아가는 길이었다. 오후의 한가한 시간대여서 버스는 널널했다. 편안하다. 그리고 어느새 나는 잠이 들었나보다.

얼마 후 아저씨의 굵은 목소리에 눈을 떴다. 바로 내 앞에서 덩치 커다란 아저씨가 기사 아저씨에게 뭐라고 큰 소리를 해댄다. 팔뚝의 문신이 눈에 들어온다.

'조폭인가?'

두려운 눈으로 흘깃 쳐다보다 창밖으로 시선을 돌렸다. 문신은 계속 횡포다.

"왜 안 내려주냐고, 왜 안 내려주냐고!"
언성 높여 듣기 불편한 말들을 반복하고 있다.

기사 아저씨, 문신 아저씨의 가당찮은 언어폭력에도 암말 안 하신다. 다음 정거장에 도착했을 때 앞문이 열렸다. 올라타는 승객은 없었다.
기사 아저씨, "내리소!" 딱 한마디하신다.
문신 아저씨, "뭐라꼬, 내리라꼬, 이 새끼야 내리라꼬, 여기서 내리라꼬, 이기 마, 콱!" 하며 손을 번쩍 들어올린다.
기사 아저씨가 몸을 한껏 움츠리신다. 문신 아저씨가 내리지 않고 버티니 그냥 문을 닫고 달린다. 버스 속도가 예사롭지 않다. 기사 아저씨도 화가 났나보다 생각했다.
문신 아저씨, 아무래도 대낮에 술도 한잔 걸친 것 같고 폭력적이다. 계속 기사님을 괴롭힌다. 뒤돌아 버스 안을 살폈다. 누군가가 나서서 좀 말려줬으면 싶어서였다. 그러나 출퇴근 시간도 아니고, 승객은 대부분 아줌마이거나 나처럼 나이가 있는 사람들이다. 모두 못 본 척 창밖만 보고 있다.
문신 아저씨는 욕으로도 화가 안 풀리는지 급기야는 손을 뻗어 기사 아저씨 멱살을 잡으려 한다. 그때까지 추이를 보던 나도, 나도 모르게 큰소리를 내질렀다.
"문신 아저씨~~~~! 기사분께 그러면 안 돼요! 지금 차가 달리고 있잖아요!!!"
그제야 내 뒤에 앉아 있던 중년 아줌마의 작은 목소리가 들린다.
"대낮에 술 처먹고 쯧쯧……!"

문신 아저씨, 획~ 우리 쪽으로 돌아서면서 "뭐라꼬! 이 아줌마가 확!" 앞자리에 앉아 있는 나에게 주먹을 치켜들고 후려치려 한다. 너무 놀라서 "엄마야~" 하며 몸을 팍 숙이는데, 그 순간이었다. 버스가 꺼~~~~억 급정거를 한다.
문신 아저씨 철퍼덕, 꽝! 버스 통로로 미끄럼을 타면서 뒤로 나자빠진다. 그동안 참아오던 기사 아저씨가 급히 내리시더니 어디로 가신다. 정차한 곳이 버스 정거장도 아니다. 기사 아저씨가 참다못해서 버스를 내팽개치고 어디로 가셨나보다 생각했다. 통로에 나뒹굴어져 일어나려고 꿈틀거리는 문신 아저씨를 보면서 큰일났다는 생각에 머리가 쭈뼛했다. 그런데 잠시 후, 경찰 두 분이 올라타신다.

그때야 알았다. 버스를 세운 곳은 경찰서 앞이었다는 것을. 경찰들이 문신 아저씨를 끌고 갔다. 기사 아저씨는 승객들에게 미안하다 하고 운전대에 앉으셨다. 그리고 날 보고 멋쩍은 미소를 던지더니 "할매 용감하던데요" 한다. 나도 미소를 지었다.

조금 진정되고 생각해보니, 문신 아저씨는 그 와중에도 날 보고 "아줌마"라고 했는데 기사 아저씨는 날 보고 "할매"라는 적나라한 말을 던졌다. 새삼 내 몰골을 내려다봤다. 말본새는 문신 아저씨가 더 낫네, 생각했다.

3부

늙어가는 건 참 괜찮은 일이구나

세대 차이

설날, 아들네가 왔다. 차로 4시간은 달려야 하는 거리라, 때로는 안 와도 좋은데 꼬박꼬박 온다. 올 때 28인치 캐리어, 24인치 캐리어, 거기다 작은 짐가방에, 손주 두 놈도 각자의 배낭을 메고 온다. 4인 가족 한 달 유럽 여행 때 들고 갈 짐만큼 가지고 온다.

두 살 터울의 손주 두 놈은 에너지가 왕성해도 너무 왕성하다. 하루도 조용할 날이 없다. 며느리가 많이 힘들어 한다. 며느리는 올 때마다 시어머니, 시아버지에게 말을 붙여야 하니, 이야깃거리를 하나씩 가지고 온다. 아이들이 햄스터를 사달라고 졸라서 사줬는데, 햄스터가 잘 자란단다. 다음에 와서는 햄스터가 너무 잘 자라고 커서 징그럽다면서 몸서리를 치더니, 다음에 와서는 하루는 햄스터가 탈출했는데 그놈이 어디에 들어가 있는지 찾지를 못해 집안이 발칵 뒤집히는 소동을 벌였단다.

햄스터가 어린이들에게 절대적인 사랑을 받는다면 고양이와 개는 모든 이의 사랑을 받는 요즘인 것 같다.
지금은 부모나 자식이나 핏줄에 대한 절대적인 애정보다 개인의 일신을 위한 개인주의가 중요한 시대다. 그러다보니 자유로운 삶을 영위할 수 있는 미혼의 기간이 길어지고, 결혼이 늦어진다. 결혼을 해도 자식들에게 자신의 시간을 할애하고 싶지 않고, 오직 서로에게 집중하는 게 좋다는 젊은 부부들도 많아졌다. 돌싱, 혼술, 혼밥이라는 신조어가 생겨 일상의 언어처럼 사용되고 있는 시대다.
혼술, 혼밥은 젊은이들에게만 해당되는 것이 아니라 노년에게도 해당된다. 자녀들이 부모와 함께 살려 하지 않고, 또 부모도 자식에게 의존하지 않고 독립하려는 성향이 짙어졌다. 그러나 젊은이나 노인이나, 혼자는 외롭다. 그러다보니 그 외로움의 자리에 강아지, 고양이가 함께 한다.

나 어릴 때는 쥐가 많았다. 고양이는 쥐를 쫓아주는 역할을 하는 동물이었고, 개는 낯선 사람이 오면 큰소리로 짖어 주인과 집을 보호하는 역할을 했다. 그러나 언제부턴가 그들은 그냥 동물이 아니게 됐다. 이제 그들은 애완견이란 칭호를 넘어 반려견이라 불린다. 주인이 먹던 음식 몇 조각을 땅에 떨어뜨리면 주워 먹던 시절을 지나 예쁘고 앙증맞은 자태를 뽐내는 견공과 묘공이 되었다. 그들은 예쁜 의상까지 차려입고 자신의 사이즈에 맞는 의자에 앉는다. 머리에는 리본, 몸에는 티셔츠, 엉덩이에는 반바지 또는 예쁜 치마도 걸친다. 어리고 약한 친구는 주인의 품 안에 꼭 안기어, 주인이 발라주는 음식을 받아먹기도 한다. 사람들은 그 모습을 보고 예뻐서 어쩔 줄을 모른다.

아침, 저녁 산책길에 세 사람을 만나면 한 사람은 그런 친구와 함께다. 문득 이런 상상을 해본다. 만약에 내가 앞으로 30년을 더 살아 100살이 된다면, 그때는 어떤 상황일까? '아이구 징그러워라, 100살까지 살려고?' 할지 모르겠지만, 만약이다. 그리고 가능성이 있다.
나는 초등학교 시절 한 반에 60명씩 배치되고도 교실이 모자라 오전 반, 오후 반 하여 2교시로 수업을 받은 적도 있다. 지금은 한 반에 많아야 20~25명 정도라고 한다. 이런 추세라면 30년 후에는 10명도 안 될 확률은 얼마일까? 혹시라도 그 자리에 예쁘고 영민한 강아지와 고양이가 앉아서 공부하고 있지는 않을까? 사람의 아이들과 말이다. 아, 언어가 달라서 안 될 수도 있겠다. 그러면 사람의 아이들이 강아지와 고양이의 언어를 배우면 되겠다. 그러면 새로운 산업이 육성될 수도 있겠다. 견 어학원, 묘 어학원 등으로 말이다.
훗, 내가 너무 앞서갔나?

해외에서도, 여행객이지만 시니어 가격으로 적용받을 수 있다는 사실을 알게 되었다. 공연장, 박물관, 미술관, 교통 티켓을 구매할 때 우리는 "We are seniors" 하고 우리의 권한을 당당히 내세운다. 발트3국, 에스토니아의 탈린에서도, 라트비아의 리가에서도 시니어값으로 적용받았다. 적은 돈이라 해도 할인받을 때의 기분은 썩 좋다.

리투아니아의 빌뉴스에서였다. 이곳에서도 으레 우리는 시니어값을 원했다. 그랬더니 티켓 창구의 아줌마가 우리를 보고 비실비실 웃었다. 기분좋게 느껴지는 웃음은 아니었다. 더 기분 나쁜 것은 옆에 있는 직원끼리 말을 주고받고는 낄낄거리며 웃는 거다. 그러면서 하는 말.

"You are very young~!!"

알고 보니 여기는 70세부터가 시니어란다. 아하, 이곳은 고령사회구나. 우리는 졸지에 표를 싸게 끊으려고 애쓰는 동양인 아주머니들로 비추어진 것 같았다. 그럼에도 불구하고 You are very young이라는 말에 우리는 한바탕 기분좋게 웃었다. 어떤 상황이든 웃을 수 있다는 것은 기분좋은 일이다.

우리나라는 현재 65세부터 시니어 혜택을 받지만, 머지않아 70세로 시니어 등급이 업그레이드될 거라 생각한다. 고령화 사회가 세계적인 추세이다. 그보다 더 나중에는 70살도 젊은이의 대열에서 이탈하지 않는 시대가 오는 것은 아닌지, 걱정스럽다.

아줌마는 강했다

출근길 버스 안이다. 어느새 버스 안은 꽉 찼다. 갑자기 젊은 여자의 크고 날카로운 소리가 들리고 이어 나이가 좀 든 여인의 소리가 들린다. 목소리만 들어서는 50대 중반은 되지 않았을까 싶다. 만원 버스라 내가 앉은 자리에서 목소리를 낸 사람들은 보이지 않는다. 목소리만 들릴 뿐이다.

아가씨: 밀면 어떡해요?

아줌마: 아…… 아……

아가씨: 밀지 말란 말이에요!
아줌마: 안 밀라캐도 자꾸 뒤에서 미니까……
아가씨: 잡아야지요!!
아줌마: 잡을라 캤지.

이때만 해도 아줌마의 목소리는 작았다. 잠시 침묵이 있었다. 그러다가 대뜸 아줌마의 목소리가 한 옥타브 높게 터진다. 생각해보니 은근히 부아가 났나보다.

아줌마: 아니, 복잡한 버스 안에서 몸이 좀 부딪치기가 예사지. 그거를 그리도……
아가씨: 밀었잖아요!!
아줌마: 내가 밀고 싶어서 밀었나, 뒤에서 밀고 들어오니까 할 수 없이 그랬지!!!
아가씨: 그라면 미안하다 사과해야지요!!!

아가씨도 목소리를 한 옥타브 올렸다. 그러나 이미 화가 머리 꼭대기까지 난 아줌마의 성량을 넘어설 수는 없다.

아줌마: 미안하다고 할라 했지. 니가 미안하다고 말할

새를 줬나? 바로 짜증을 뭐처럼 내고 소리를 질러댔다 아이가? 다 같이 아침에 출근하는데 사람 승질나구로!!
아가씨: 아줌마가 (어쩌고저쩌고) ……
아줌마: 마, 됐다. 치아라이~ 입 닥치고 마 들어가라~ 더 하믄 마~ 꽉!!
아가씨: …….

아줌마 승! 숨이 막히도록 승객들로 꽉 찬 버스 안. 아무도 두 사람 사이에 입 대는 사람이 없다. 분명 두 사람의 목소리를 다 들었을 텐데, 무심한 척, 모두 휴대폰을 들여다보고 있거나 창밖을 볼 뿐이다. 어쩌면 나처럼 혼자 피식 웃음을 흘렸는지도 모르겠다.
출근길에 어쩔 수 없이 밀칠 수도 있고, 밀릴 수도 있다. 나도 자리에 앉지 못했을 때, 손잡이를 잡지 못했을 때, 또 손잡이를 잡는다 해도 중심을 못 잡으면 비틀거리며 어쩔 수 없이 다른 사람을 밀기도 한다. 그럴 때 젊은이가 나를 흘끗 보고 인상을 찌푸리면 미안하면서도 또 한편으로는 서운하고 불쾌하다. 아니 이런 것도 못 참아줘, 하고.

이탈리아 여행을 끝내고 집으로 돌아오는 길이었다. 인천공항에서 서울역까지 와서 부산행 기차를 탔다. 내가 행동이 느려서 가능한 넉넉하게 이동 시간을 잡는데, 그날은 시간 배분을 잘못해서 바쁘게 올라타야 했다. 캐리어를 짐칸에 넣어야 하는데 짐칸은 이미 꽉 차서 놓을 자리가 없다. 할 수 없이 좌석으로 끌고 들어가 내 자리 위 선반에 올리려고 끙끙댔다. 키가 작으니, 신발을 벗고 좌석 위로 올라서서 짐을 올리려고 애를 쓰는데 너무 무거워서 어느 정도 들다가 힘에 부쳐 도로 내리기를 몇 번, 결국은 못 올렸다. 다행히 통로 좌석이어서, 내 다리 아래 비스듬히 끼워놓고 부산까지 왔다.

짐을 다리에 끼고 자리에 앉고서야 주위를 둘러봤다. 좌석은 꽉 찼다. 대부분 젊은 남녀였다. 더러는 휴대폰을 들여다보기도 하고, 더러는 눈을 감고 있기도 하고, 일행과 대화를 하기도 했다. 각자의 일에 집중하느라 그렇다 하더라도 엄마 연배의 사람이 그 좁은 공간에서 끙끙대며 캐리어를 올리는 것을 뻔히 보고 아무도 거들어주지 않는다는 사실에 내심 놀랐다.

며칠 전까지 만났던 이탈리아 청년들과 비교가 되기도 했다. 이탈리아의 악명 높은 소매치기 등 조심해야 할 것들에 대해서 많이 듣고 갔지만 소매치기는 소매치기고, 내가 만난 그쪽 젊은이들은 캐리어를 들고 계단을 오르내릴 때면 도와주겠다며 내 짐을 번쩍번쩍 들어주었던 적이 여러 번 있었다.
러시아에서도 그랬다. 사회주의였던 나라여서 더 무섭고 조심해야 할 것 같았는데, 길에 캐리어를 끌고 나오면 계단을 오르내릴 때 대부분 젊은이들이 먼저 다가와 기꺼이 들어주었다. 물론, 내가 운이 좋아서 착한 젊은이들만 만났을 수 있다고 쳐도 그랬다.

어느 인터넷 카페에 그 이야기를 게시했는데 그 글에 많은 댓글이 달려서 놀랐다. 나의 마음을 이해한다는 글은 몇 안 되었다. 대부분 그럴 수 있다는 것이며 '왜 도움을 구체적으로 청하지 않았느냐?'는 글도 있었다. 더 놀라웠던 댓글은 '많은 사람을 나쁜 사람으로 만드는 의도가 뭐냐?'였다. 50년생의 정서와 현재 젊은이들의 정서가 얼마만큼 다른지 처음 생각하게 되었다.
어느 장문의 글을 아직도 기억한다. 내가 말한 의도를 알고 이해하겠다는 글이었다. 요즘 젊은이들은 개인주의라서 그렇다며 좋게 이해시키려 하였던 글이다. 댓글을 주신 분의 좋은 취지는 감사했다.

그러나 개인주의란 것이 과연 그런 것인가? 나이든 여자가 무거운 짐을 힘겹게 들고 갈 때, 자연스럽게, 또는 반사적으로 다가와 "도와드릴까요?" 또는 "제가 들어드릴게요"라고 말하며 행동하는 것은 개인주의의 범주에서 벗어나는 일인가?

그후에 나는 아이들에게 가끔씩 묻곤 한다.
"너, 할머니가 무거운 짐 들고 가면 들어드려? 버스 탈 때 할머니, 할아버지 올라타면 자리 양보해드려?"

하지만 이런 질문도 이제는 참아야 한다.

무소의 뿔처럼
혼자서 가라

버스를 탔다. 오후 3시쯤이라 버스 안은 비교적 여유로웠다. 좌석은 교복 입은 학생들로 차 있었다. 마침 빈 좌석이 하나 보여 반가움으로 얼른 자리에 앉았다. 두 정거장쯤 지났다. 지팡이를 쥔 할아버지가 힘겹게 올라오는 게 눈에 들어왔다. 발걸음을 떼어 안으로 들어오신다. 나는 일어나고 싶지 않았다. 버스 안을 둘러보았다. 학생들 중 누가 일어나주었으면 했지만 아무도 안 일어난다. 그래도 나는 좀더 버티고 앉아 있었다. 결국 아무도 안 일어났다. 지팡이를 쥐고 서 있는 할아버지가 흔들리는 버스에서 위태로워 보인다. 할 수 없이 일흔인 내가 일어났다.
일어나서 다시 버스 안을 쓰윽 훑어보았다. 학생들은 휴대폰이라는 다른 세상에 들어가 있었다. 그러니 지금 이 지구에 발을 들여놓으신 할아버지를 못 본 거다. 그들은 유리로 되어 있는 출입문에 자신의 보안카드로 출입증을 제시하고 유리문을 통과해, 아주 깊은 다른 우주로 사투를 즐기러 간 것이다. 그들에게는 시간이 없다.
지정된 시간이 되면 그들은 하던 모든 것에서 손을 떼고, 유리관 속 세상에서 지구로 나와야 하기 때문이다. 그들의 신경은 온통 그들이 나와야 할 시간, 그들이 내려야 할 정거장 그 알림에만 할애하고 있을 뿐이다.
학생들이 버릇이 없거나 좋은 교육을 못 받아서가 아니다. 학생들은 노인들 사는 이 세상 말고도 또다른 세상에도 그들의 터전이 있는 것이다. 그 세상은 참으로 매력적인 세상인가보다.

이제 노년은 누구의 보호 대상이 아니다. 이제는 자녀에게, 세상에 도움의 손길을 기대할 시대가 아니다. 다리가 아파도 묵묵히, 무소의 뿔처럼 혼자서 가야 한다.

이보시오, 미국인 선생

문화센터에서 일주일에 한 번, 영어 프리 토킹 수업을 받았다. 영어를 잘해서가 아니라 파트타임으로 일을 하고 있어서, 그 시간밖에 참석할 수가 없어서 이 수업을 듣게 되었다. 망설였지만, 커리큘럼에 '여행 영어'도 있어서 용기 있게 신청하게 되었다. 수강생 중에는 내 나이가 제일 많았다. 대부분 나보다 10~20세 정도 어린 듯했다.

수업이 시작되면 각자가 하고 싶은 말을 돌아가면서 영어로 말해보았다. 그때는 영화 〈국제시장〉이 히트를 칠

때였다. 나도 영화를 재미있게 봐서 영화의 스토리와 감상을 이야기하려고 짧은 실력으로 조금 준비를 했다. 내 순서가 되었고 준비해 간 메모를 흘끔흘끔 보며 더듬더듬 말하였다. 영화가 재미있었다며 광부와 간호사가 하는 일에 대해서 말하는데 갑자기 선생님이 단호한 억양으로 내 말을 자른다.
"그것이 팩트라고 생각하느냐? 그것은 픽션이다"라며 어처구니없다는 듯한 표정을 지으며 웃는다. 나는 당황하며 "이건 팩트다"라고 말했다. 미리 준비하지 않으면 말 한마디 꺼내기 힘든 영어 실력이지만, 그 순간 흥분해서 이 단어, 저 단어를 조합해 문장을 만들어 뱉었다. 그러나 그녀는 다시 한번 단호하게 "나도 역사를 좀 안다. 일본에서 발행된 책을 읽었다" 하는 것이다.

미국 국적의 선생님의 어머니가 일본인이고 아버지는 미국인이라고 알고 있었다. 다시 말을 꺼내고 싶은데 선생님의 확고한 표정과 능숙한 영어에 주눅이 들어, 내 혀는 꼬여서 더이상 말이 나오지 않았다. 그래도 나보다는 영어를 잘하는 젊은 수강생들에게 도움을 받고 싶었지만 아무도 입을 열지 않고 침묵하고 있다. 순간, 얼굴이 확확

달아올랐다. 꼭지가 돈다고 해야 할까? 무안하고 화가 났다. 물론 영화이기 때문에 재미를 더하기 위해서 약간의 픽션이 덧붙여졌다 해도 그 기반은 팩트였다. 그런데 이렇게 모두가 침묵하다니. 수강생들은 대부분 40대 후반, 50대 초반이었다. 그들도 미국인 영어 선생처럼 〈국제시장〉이 완전한 픽션이라고 생각하는지, 우리의 지난 시간에 그런 일이 없었다고 생각하는지. 침묵하는 그들에 대한 섭섭함과 내가 반박할 만큼의 영어가 안 된다는 설움이 보태어져 눈물이 찔끔 날 만큼 화가 났다.

집에 돌아가, 다음 수업 때에 내 말이 맞다는 것을 이야기해줘야겠다는 생각에 일주일 내내 자료를 검색하고 영어 문장으로 번역해서 노트에 적고는 달달 외워 연습을 했다. 그리고 다음주, 마음속의 결사대 한 대원을 이끌고 갔다.

그런데 그날따라 순서대로 돌리던 토크를 서너 사람만 지목해서 진행을 한다. 그래도 나는 말할 틈새를 노리려고 애를 썼지만, 선생님은 내 맘을 알아차렸는지 그날따라 나를 쳐다도 안 본다. 영어를 잘했으면 타이밍 좋게 말을 끊고 어떻게든 대화를 이끌어봤을 텐데, 그런 실력은 언감생심이다. 그날, 수업은 머리에 하나도 안 들어오고 1시간 30분 내내 속만 부글부글 끓어댔다. 내 친구 정혜가 독일에 보조 간호사로 가서 직접 그 일을 체험했고, 내 친구 오빠가 독일에 광부로 가서 돈을 벌어서 집으로 부쳐주었고, 무너진 갱도에 묻힌 젊은 한국인 광부가 구출되는 뉴스를 보았는데……. 속으로 욕을 해댔다. 내 가슴에 애국심이 이렇게 한가득 들어 있는지 몰랐다.

나는 다음날부터 수업에 나가지 않았다. 내가 팩트와 픽션도 구별 못하고 감상에 젖은 할머니로 치부되는 그 상황에서 입 딱 닫고 있던 같은 반 수강생들에게도 화가 났기 때문이다. 그들도 선생의 영어에 맞대응할 만한 영어 실력이 안 되어서 어쩔 수 없었다는 것을, 이성을 찾고 난 뒤 한참 후에야 스스로 오해를 풀었다.
여전히 그 젊은 미국 선생의 잘못된 생각을 나는 바로잡고 싶다. 당장 방법은 모르겠지만.

나이가 들면 그저

나이가 들면 사랑을 무색하게 만든다. 누군가가 나이든 누군가에게 잘 대해준다는 것은 사랑이라 말하기보다, 애긍◆에 가까운 것인지도 모르겠다. 설령 누군가가 나이든 그대를 모른 척하거나 적대시하더라도 슬퍼하거나 노여워하지 마라. 그것은 그가 그대를 미워하는 것이 아니라 늙음, 그 육신의 추레함이 싫을 뿐이니까.

◆ 애긍: 애처롭고 가엾게 여기다.

그리운 나의 그녀

첫 책 『할매는 파리 여행으로 부재중』을 내고 나서 서너 차례의 인터뷰와 라디오, 두 번의 지역 TV 프로그램에 출연했다. 방송 시간에 맞춰 TV를 켜고 기다렸다. 방송이 시작되었는데…… 화면 속에 나타난 저 할매는 누구지? 낯선 나를 본다. 당황스럽다. TV를 껐다. 저 화면 속의 할매가 나란 말인가? 방송에 나간다고 미장원에 가서 머리도 단장하고, 코디가 화장도 해주었는데, 오히려 그게 더 이상했던 걸까? 내가 아닌 어떤 할매가 TV 화면 안에서 주저리주저리 말하고 있다.

뒤통수를 한 대 맞은 듯한 얼얼한 기분으로, 묵은 앨범을 꺼냈다. 예전의 그녀는 어디 있는가? 갑자기 그녀가 그리웠다. 곳곳에 곰팡이가 슬어 있는 오래된 앨범 속에서 나를 찾을 수 있었다. 아니, 사실 그곳에도 내가 아닌, 지금의 내가 그리워하는 그녀가 있었다. 그리운 그녀를 만나니 갑자기 눈물이 왈칵 쏟아졌다.

ABC
TV
할매는
파리여행으로
부재중

그 선택은 최선이었다

우리는 가보지 않은 길을 그리워하고 때로는 부러워한다. 내가 걷는 길이 힘들고 지칠 때마다 저 길로 갈걸, 저 길이 훨씬 수월했을 텐데, 하고. 그러나 막상 그 길로 갔을 때, 그 길이 지금의 길보다 더 힘들었을지 누가 알겠는가?

지나온 길을 되돌아보며 내가 선택한 그 순간에 대한 후회로 가슴을 칠 때가 있다. 조금 더 참을걸, 그냥 넘어갈걸, 그랬으면 지금은, 하며 자책하기도 하고 더러는 비겁하게 남의 탓을 하기도 한다. 그러나 또 시간이 한참 지

나서 생각해보면 지난 나의 선택은 그 순간에 있어서 최선이었다는 것을 깨닫게 된다.

우리 내면에는 자신을 위험으로부터 보호하고자 하는 보호 본능이 잠재되어 있다. 내가 그 어느 순간 어떤 선택을 했을 때는, 다른 선택을 한다면 내가 어찌될지도 모른다는 자신의 보호 본능에 신호가 울렸을 것이다. 그 신호를 순간 들었기 때문일 것이다. 신호는 나아가는 힘이 된다.

그러니, 지난 어떤 선택도 그 시점에서는 최선의 선택이었음을 믿고 후회하지 말자. 시간은 앞으로 가지 뒤로 가지 않는다.

조금은 아파도 좋은 나이

여권 만료 기간이 6개월 정도 남아 재발급을 받으러 갔다. 담당 직원이 요즘에 새로 나오는 여권은 얇은 것, 두꺼운 것 두 종류인데 어느 것을 하겠느냐고 묻는다. 서슴지 않고 "얇은 것 주세요" 했다. 나이가 들면 무거운 것은 무조건 싫다.

헌 여권과 새 여권 속 내 사진을 자꾸 번갈아 보게 된다. 10년 전 사진과 10년 후 사진, 그 속에 세월이 녹아들어 있다. 표정도 좀 굳어 있고, 턱도 처져 있고, 눈도 조금 짝짝이 같고, 팔자주름도 깊다. 사진사 아저씨가 예쁘게 손봐드릴게요, 하며 보정해주신 덕분에 그나마 아주 조금은 젊어진 것 같기도 하지만 10년의 시간이 그렇게 자비롭지 않았다는 것을 새삼 깨닫는다.
여권을 발급받은 초기에는 만료 기간을 보면서 '2019년이면 아직 10년이 남았네, 2019년까지는 여행을 다녀봐야지' 했다. 이때가 되면 내 해외 여행은 마무리가 되고 집에서만 노후를 보내는 시간이 올 거라 생각했다. 그러나 나는 지금도 유럽 여행을 계획하고 있다. 그 생각에 이어 내 나이 70을 생각한다. 그리고 그 이후의 나이에 대해서도 생각한다. 개인에게는 행복이고, 국가에는 보탬이 되고, 자녀에게는 자랑스러운 나이인가를.

2년마다 하는 국가건강검진. 이번에는 건너뛸까 싶어서 안 하고 있는데 자꾸 연락이 온다. 국가건강검진센터에서도 오고, 국가암검진센터에서도 온다. 그뿐만 아니라 내가 한 번쯤 정보를 등록한 병원들에서도 검진을 받으라고 친절하게 연락해온다. 검진은 무료다. 나는 지금 이렇게 좋은 나라에 살고 있다.

내 나이 70. 이 나이쯤 되면 조금 아파도 되는 나이가 아닌가 싶다. 아파 힘들어하고 계신 분에게는 무엄하고 괘씸한 이야기일지 모르겠다. 하긴, 지금 앓을 정도로 심하게 아픈 곳은 없어서 하는 말일 수 있겠다. 쉬이 피로하고, 아침에 일어날 때 조금 힘들고, 어떨 때는 조금 어지럽다가 되돌아오기도 하고, 버스를 타면 어쩌다 멀미가 느껴지기도 하고, 고개를 숙여 장시간 책을 보다가 고개를 들면 순간 아찔하기도 하고, 허리 협착증과 약간의 디스크 증세가 있어서 장시간 서 있거나 걷다보면 허리가 아프기도 하고, 다리가 잠시 저리기도 하는 정도다. 노년이 되면 병이 갑자기 찾아올 수도 있고, 쉬엄쉬엄 아픈 듯 마는 듯 피로 속으로 스며들어와 어느 날, 나 여기 있다 하며 흉측한 얼굴을 드러낼 수도 있다.

글쎄, 70쯤 되면 그냥 조금은 아파도 좋은 나이가 아닌가, 하는 생각을 할 뿐이다. 불편한 육신을 자연스레 받아들여야 하는 나이. 세상의 모든 만물은 새로 태어나고, 새로 만들어지고, 사용되어지고, 이용되어지고 그리고 노화된다. 그리고 노화된 것은 새로움으로 교체된다. 자연의 이치다. 그것을 받아들이는 것이다.
미안함과 죄스러움. 자식들 마음속에 그런 무덤을 만들

어놓고 가고 싶지 않다. 그렇게 하지 않으려면 내가 내 인생을 멋지게 충만하게 살아야 한다. 자식을 위한 무조건적인 희생이 아니라 하고 싶은 것, 먹고 싶은 것, 보고 싶은 것을 마지막 순간까지 주어진 내 환경에 맞추어 즐기며 나 자신을 사랑하는 것이다. 그렇게 내 인생을 즐기는 것을 아이들이 보고 "내 어머니 아버지는 충분히 인생을 즐기고 가셨어. 어머니 아버지의 인생은 참 괜찮았어" 할 수 있도록.

벚꽃이 지고 난 후에

남편이 방에서 나오더니 "◆◆가 죽었다네" 한다.
"세상에…… 왜? 며칠 전에 당신 모임 했잖아. 그때 안 나왔어?"
"나왔지. 아무 말 없던데. 저녁도 잘 먹고……."

나도 잘 아는, 남편의 오랜 친구다. 젊었을 때는 유독 우리 가족에게 잘해주었던 친구다. 남편이 친구들에게 부고를 알린다.

"에구, 누구는 서울 가 있어서 못 오고, 누구는 다리가 아파서 못 오고……."

혀를 끌끌 찬다. 그런 남편의 모습이 너무 아무렇지 않은 듯 보인다. 장례식장에 가지 않느냐고 하니까 "내일 가지 뭐" 한다. 몇 시간이 지나고 다시 물었다.

"당신, ◆◆가 죽었는데 마음이 아무렇지도 않아?"

남편, 암말 없다. 평상시에도 말을 많이 섞는 사람이 아니긴 해도 친했던 친구가 갑자기 죽었는데, 그 표정과 무심함이 나에게는 좀 충격이었다. 한참 후에야 겨우 대답한다.

"원래 지병이 좀 있었다 아이가."

그 말이 모두다.

늙은 거다. 감성이 마른 장작이 되어간다는 뜻이다. 아마 젊었을 때였다면, 아니 10년 전만 해도 나서서 뭔가를 열심히 했을 것이다.

우리 나이에 이르러서는 일가친척, 형제들, 많은 사람을 떠나보낸 경험들이 있다. 그때마다 자기 설움 보태어 함께 애달파하며 몇 날 며칠 가슴 아려했었다. 그렇게 많은 것을 쏟아내어서일까, 이제는 그 촉촉했던 감성들이 남아 있지 않다. 더러 남은 감성은 세월의 풍화 속에 건조해져버린 것이다. 언젠가 나도 뒤따를 수밖에 없는 길이란 것을 수긍하고 있다.

우리는 부활할 수 있을까?

나에게는 몸이 불편한 친구가 있다. 시집가서 모진 힘든 시간을 거치면서 원인을 모르게 40대 초에 발병된 류머티즘은 그녀의 육신을 공격했다. 그 공격으로 그녀의 팔과 손이 오므라들었고 다리는 정상적인 걸음을 걸을 수 없게 되었다. 그래도 그녀에게는 가정, 너무나 사랑하는 아들과 딸이 있었다. 자녀들은 성실하고 훌륭하게 잘 자라서 그녀에게 행복을 주었고, 그녀에게 삶의 자랑을 주었다. 그리고 그들은 어느새 결혼 적령기를 훌쩍 넘어 있었다.

친구의 꿈은 두 아이가 혼인하여 가정을 꾸리고 잘사는 것을 보는 것이었다. 그래서 결혼 회사에도 노크해보았고 아들이 선을 몇 차례 보고 서로 마음에 든 인연을 만날 수 있었다. 둘은 마음이 통했고 결혼을 약속했으며 부모들과 함께 만나는 자리를 가지게 되었다. 그녀는 최대한 잘 차려입고는 기쁨과 약간의 흥분을 마음에 담고 선 상견례 자리에 나갔다.
그날, 처녀의 부모님은 그녀를 보고는 차디찬 태도로 변해버렸고 자리가 끝날 때까지 입을 다물고 한마디도 하지 않았다고 한다. 결국 그 혼사는 깨졌다.

며칠 후, 친구가 나에게 전하는 말이었다.
"내가 착각하고 살았나봐. 나는 내가 오래오래 살아야 저 아이들 뒤를 돌봐줄 거라 생각하고 이 몸으로 악착스럽게 버텼는데 지금 생각해보니 오히려 내가 저 아이들 앞날에 걸림돌이 된 것 같아. 내가 이렇게 살아 있는 게 아이들의 길을 막고 있다는 생각이 들어."
후로 말을 잇지 못하던 그녀였다. 그리고 뜬금없이 한마디했다.

"우린 꼭 부활할 거야. 그렇지? 만약 부활이란 게 없다면 난 정말 억울해."

할머니 학생입니다

지역 정보화 강사로 구청과 복지관 등에서 활동한 지가 꽤 오래되었다. 지금 내 나이쯤이면 은퇴할 만도 한데, 노인복지관에서 일을 하다보니 10여 년 전부터는 교육생 분들이 모두 나보다 위이시다. 함께 늙어가는 중이라 꽤나 공감대가 형성되어서, 힘들지 않게 일할 수 있어서 더 오래하게 되는 것 같다.

노인복지관 한글반에는 할머니들이 많이 나오신다. 그 옛날 가난하다는 이유로, 여자라는 이유로 남동생과 오빠들 뒤에서 가사를 돌봐야 했던 분들이다. 뒤늦게, 늦어도 한참이나 뒤늦게 글을 알아가는 재미를 느끼시는 분들이다.

지나가다가 열려 있는 문틈으로, 공부하시는 모습을 보면 그렇게 좋을 수가 없다. 때로는 선생님의 선창을 따라 글을 읽기도 하는데 그 소리는 듣기에 너무 좋다. 어쩌다 엘리베이터 안에서 마주치면 말을 붙이시기도 한다. 주름진 얼굴, 굵은 손마디, 줄어든 키, 그래도 외출 나오신다고 얼굴에 살짝 분가루도 바르시고, 입술에 색을 올리시기도 한다. 그 시간이 즐겁다는 게 표정에 나타나 있다.

한글
놀이
초급

극한 직업

일반 문화센터나 주민센터도 그렇겠지만 복지관, 특히 노인복지관에는 할아버지보다 할머니가 훨씬 많다. 평균 수명이 말해주듯, 여성분이 더 많다. 웬만한 수업에도 할머니의 비중이 압도적이다. 그치만 컴퓨터 수업에는 남학생이 여학생보다 많다. 할아버지들은 할머니들과는 다르게 대부분 말이 없으시다. 그러니 수업 시간 내내 조용하다. 어떤 경우에는 조용하다못해 우중충하기도 하다. 이럴 때 강사의 재치와 유머가 필요한데, 나는 유독 그런 재치가 없다. 내 딴에는 조금 웃겨보고 싶어서 이런저런 이야기를 해보지만 반응은 항상 조용하다. 우리 시대의 아버님들은 대부분 무표정이다. 그래서 그냥 분위기는 포기하고 수업만 한다.

그러다가 도저히 웃음이라고는 없는 점잖은 할아버지께서 문서 작성중 '복지'란 단어에 오타를 냈다. 본인은 전혀 모르시는 눈치다. 지적을 해드렸다.
"선생님 오타예요. '복지'에서 'ㄱ'을 빠뜨리셨네요."
그제야 알아채고 가만히 슬쩍 미소가 지어지신다. 하나 건졌다. 써먹어야지.
"여러분, 여기 보세요. 천천히 하셔도 좋으니 정확하게 입력하도록 하세요. '복지'라는 단어에서 'ㄱ' 받침을 빼면 신고당할 수도 있어요."
내 말에 눈이 둥그레져서 모두 씨~익 웃으신다. 그게 전부다. 나이든 학생의 얼굴에 웃음을 띠게 하는 일이 이렇게 힘들다. 내가 이렇게 어려운 일을 하고 있다.

지금이라면
나는 쇼호스트였을까

친구가 전화를 걸어와서는 빨리 TV를 켜란다. 모 방송에서 화장품을 파는데 파격적인 가격이라며 다 팔리기 전에 빨리 전화하란다. 그 말에 부지런히 TV를 켜고, 상품을 보고 바로 전화 걸어서 주문했다. 참 좋은 세상이다. 어디 홈쇼핑만 그렇겠는가? 나는 홈쇼핑보다는 인터넷 쇼핑을 자주 한다. 배송도 정말 빠르다.
인터넷이 발달되면서 새로운 직업군이 많이 생기기도 했지만 사라진 직업군도 많다. 가장 빨리 사라진 것이 외판원인 것 같다. 1970~80년대만 해도 외판원 전성시대였다. 잘 파는 사람은 한 달 수입이 얼마라며 세일즈 왕 운운하며 신문에 실리기도 하는 시대였다.

나도 외판원이었다. 학습지, 영어 테이프, 책 같은 것을 팔았다. 내가 책을 좋아하니 한번 해보자 싶었다. 고객과 책 이야기도 하며 독서 나눔도 할 수 있겠다 생각했다. 그러나 책 좋아하는 것과 파는 것은 전혀 다른 일이라는 것을 그렇게 많은 시간이 걸리지 않고 알 수 있었다.
낯선 집 문을 두드려야 했다. 문을 안 열어주는 집이 다반사다. 낯선 동네를 찾아가서 가가호호 문을 두드리거나 초인종을 눌러야 한다. 열 집 문을 두드리면 한 집이 문을 열어주는 확률. 여름에는 땡볕 속을 걸어다녀야 하고, 겨울에는 발에 동상이 걸리기도 했다.

유난히 추운 겨울날이었다. 부자 동네라 담들이 모두 높았다. 높은 담벼락에 둘러싸인 집들이 내 눈에는 작은 성처럼 보였다. 초인종을 누를 엄두가 나지 않았다. 앞에서 기웃거리다 몇 집을 그냥 통과했다. 그런데 어느 집 문이 빼꼼히 열려 있어서 용기를 내어 쓱 밀고 들어갔다. 넓은 정원이 나왔고 조용했다.

"계세요?"
작은 소리로 기척을 냈다. 기척이 없다. 정원 안쪽으로 조금 더 들어갔다. 꽉 닫힌 넓은 거실 창문이 보였다. 두어 발 더 가까이 다가가서 크게 불렀다.
"안에 계세요?"
그때였다. 어디서 튀어나왔는지 모른다. 송아지 덩치만 한 커다란 개가 천둥소리를 내며 달려나왔다. 내가 뒷걸음치기도 전에 개는 펄쩍 뛰어오르더니 내 허벅지를 물었다. 나도 모르게 끔찍한 비명을 지른 것 같다. 창문이 드르륵 열리더니 어떤 아줌마가 튀어나와 개의 목에 걸려 있는 쇠줄을 잡아당기며 야단쳤다. 개는 나를 놓아주었지만 한동안 으르렁댔다.
피는 보이지 않았다. 춥다고 내복도 바지도 두꺼운 것으로 껴입었는데 그 덕을 본 듯했다. 아줌마가 낯선 침입자인 날 보고 눈을 동그랗게 떴다. 갑자기 부끄러웠다.
"아, 문이 열려 있길래요……. 외판원인데 혹시 필요한 책이 있으신가 하고……. 죄송합니다."
얼른 돌아나오려 했다.
"아줌마가 마트 간다고 잠시 문을 열어놓았나봐요. 추운데 일단 들어오세요."

남의 집에 느닷없이 들어와서 개에게 물리고, 평화로웠던 집을 소란스럽게 한 것 같아 그냥 나가고 싶었다. 그러나 그런 마음과는 달리 몸은 아줌마를 따라 들어가고 있었다.

집에는 아줌마 혼자였다. 거실이 넓었다. 넓은 거실인데 후끈할 만큼 따뜻했다. 기름을 얼마나 때기에 이렇게 따뜻할까 생각했다.
죄인처럼 앉아 있는데 일하는 아줌마가 차를 내오셨다. 차를 마시라 권하면서 다리는 괜찮냐고 물어서 그제야 정신을 차리고 다리를 봤다. 겉으로는 아무 표가 없다. 그런데 안에는 피가 좀 배어 있는 듯, 내복이 살에 딱 달라붙어 있는 느낌이었다. 그래도 괜찮다고 했다. 그리고 나는 그 자리에서 30권짜리 대백과사전을 팔았다. 외판을 시작한 지 얼마 안 되어서 그렇게 큰 책을 팔아보기는 처음이었다. 그것도 할부가 아니라 일시불로 팔았다.
"젊은 사람이 살려고 참 애 많이 쓰네요"라 하셨다. 그 말이 그 당시에는 동정이라고 생각되지도 않았다. 큰 성과를 거두었다는 것이 자랑스럽고 기쁠 뿐이었다. 팀장에게 나의 수확을 보고했고 팀장은 환호했다. 밥을 살

테니 집으로 바로 가지 말고 회사로 오라고 했다. 그제야 내 다리를 생각했다. 밥 얻어먹으러 갈 때가 아니었다. 다리가 어떻게 되었는지 봐야 했다. 느낌으로는 피가 조금 더 배어나는 듯, 좀더 넓은 부위로 살과 내복과 겉옷에 붙어 있는 것을 느꼈다.

집에 와 확인해보니 느낌대로 스며 나온 피에 바지 안쪽과 내복과 살이 붙어 있었다. 많이 아팠다. 상처 난 곳은 오른쪽 무릎 바로 위였는데 그나마 얼마나 다행인가 싶었다. 무릎을 물렸으면 더 큰일이 벌어졌을지도 모르겠다. 피가 엉겨붙어 있고 그 주위가 멍들어가고 있었다. 알코올로 소독하고 닦아내자 이빨에 찍힌 듯한 자국이 보여 순간 와락 소름이 끼치긴 했다. 개의 이빨이 두꺼운 바지와 내복을 뚫을 만큼 날카로웠단 말인가? 놀란 마음에 남아 있는 알코올을 다 부어서 허벅지를 닦아내고 피가 나온 자리에 빨간약을 발랐다. 병원 가서 주사는 한 대 맞아야겠다고 생각했다.

딸은 그때 세 살이었다. 약하고 순한 아이인데 그날은 이상하게 칭얼댔고 달래려고 손만 대면 울었다. 저녁을 어머니가 맛나게 만들어놓으셔서 나는 밥상만 차렸다. 밥상 앞에서 어머니가 한말씀하신다.

"저녁하는데 어찌나 보채고 달라붙던지 간장 한 병을 다 깻박쳤다 아이가. 냄새가 진동을 한다. 아직도 냄새나제. 저 가시나 옷에 반은 부어졌을 거다. 씻기는데 안 씻으려고 울고 불고 아이고오."

아…… 나는 또 죄인이 된다.

잠자리에 들려고 아이 옷을 갈아입히는데 자지러지게 운다. 피부에 뭐가 생겼나 싶어서 내복을 올려봤다. 어디 기다란 것에 긁히기라도 한듯 붉은 자국이 죽죽 나 있다. 그런 자국이 윗몸뿐 아니라 다리에도 엉덩이에도 있다. 깜짝 놀랐다.

"왜 이래?"

"할머니가……"

세 살이라 해도 겨우 첫돌이 지나 이제 말이 늘어가는 시기였다. 첫째 아들을 살짝 불러 사정을 물었다.

"할머니가 목욕시킬 때 자꾸 울고 말 안 듣는다고 수건으로……"

어머니는 손힘이 굉장히 세다. 순간 눈물이 찔끔 났다.

그렇다고 그 순간 어머니가 밉거나 화가 나거나 하지는 않았다. 어머니가 얼마나 힘들었으면, 하는 생각이 들었다. 집안일은 많지, 끝이 없지, 아이는 사고를 쳤지, 화가 머리 꼭대기까지 나셨나보다. 연고를 발라주었다. 아이는 아프다고 칭얼거리면서도 엄마의 손길에 위안이 되었는지 잠이 들었다.

참 벅찬 하루였다. 그런데도 묘하게 마음은 안도감으로 찼다. 오늘 하루 여차하면 큰일날 뻔한 일들이 벌어졌지만, 아무도 병원에 입원하지 않았고 수술해야 하는 일도 일어나지 않았다. 어머니 방문을 살며시 열어봤다. 고단한 하루를 끝내고 피곤에 지친 몸으로 코를 골고 계신다. 다행이다.
내일 또 하루가 시작되리라 생각했다. 나는 내일 또 어머니에게 아이와 살림을 맡기고 나갈 것이고 어머니의 하루로 나는 내일도 나의 일을 할 수 있을 것이다. 남편은 적은 돈이라도 꼬박꼬박 받아오는 직장에 여느 날처럼 나갈 것이며, 내 다리와 딸의 생채기는 시간이 지나면 회복될 것이다.

나도 좀 늦게 태어났으면 좋았을걸, 하고 생각했다. 뭐가 급해서 그렇게 빨리 세상 구경이 하고 싶었을까? 40년 정도만 늦게 나왔어도 저 TV 속에 내가 있을지도 모르는데.
아름답지만 조금은 나이들어 보이는 TV 속 쇼호스트의 하루를 상상해본다. 나이가 들면 눈에 보이는 것 그 뒷면이 보이기도 한다. 아마 그녀도 일이 끝나고 전쟁 같은 하루를 무사히 보냈구나, 안도하며 내일을 생각할 것 같다.

영감은 엄마하고
오붓한 시간 보내세요

파마를 하고, 이불을 빨아 널고, 서랍과 옷장을 정리하고, 제습기를 이 방 저 방 옮겨놓으며 켜놓는다. 영감이 "여행 준비 다 했나?" 한다. "준비할 게 뭐 있나. 당신, 나 빨리 갔으면 좋겠지?" 조금 미안한 마음에 너스레를 떤다. "나물 몇 가지 해서 냉동실에 넣어놓을게. 비빔밥 해 먹어요."

어머님과는 40년을 넘게 살았다. 40년을 한집에서 살아도 시어머니는 시어머니다. 내 나이 60이 되면서 제법 긴 시간 여행을 시작하면서 어머님 눈치를 봤다. 긴 시간이라 해봐야 고작 20일에서 한 달이 최고치다. 그래도 그것이 나 스스로에게 주는 온전한 나만의 시간으로는 많은 시간이다.
어머니에게 뭐라고 말씀드리고 그 긴 시간 집을 비워야 하나, 머리를 싸매고 고민했다. 서울에서 혼자 자취하는 딸에게 밥도 해주고 밀린 일도 해준다는 핑계를 대었다. 오랜만에 아들네 가서 손주들을 봐준다 하기도 했다. 때로는 오래된 친구들 모임에서 단체로 가기 때문에 나만 빠지지 못한다는 이유를 대기도 했다. 거짓말이 탄로날까봐 남편에게 단단히 부탁하고, 아들딸들에게도 혹시 할머니에게서 엄마 찾는 전화 오면 할머니 눈치 못 채게 잘 둘러대라, 당부해놓는다.

그러다 시간이 지나면서 어머님이, 내가 미처 말하기도 전에 "올해는 언제 가는데? 며칠 있다가 올 건데?" 물어보셨다. 순간, 내 머리를 확 치고 지나가는 생각. '아! 어머님, 알고 계셨구나.' 하긴, 뻔한 거짓말이라 눈치채셨지 싶긴 했다. 그러면서 어머님의 말투에서 느꼈다. 내가 가는 것을 내심 기다리신다는 것을. 그랬다. 왜 그렇게는 생각하지 못했을까? 말 잘 듣는 나긋나긋한 젊은 며느리도 아니고 이미 60이 넘은, 늙고 뼈대가 굵은 며느리인데.
며느리 빠진 밥상에서 오랜만에 아들과 둘이 오붓하게 앉아 밥을 먹고 둘만의 시간을 보내는 것도 좋을 것이다. 나도 어머님이 며칠 집을 비우게 될 때 얼마나 홀가분하고 편안했던가. 왜 나는, 시어머니는 며느리가 집 비우는 것을 싫어한다는 선입견만 갖고 있었을까.
그다음부터는 여행을 갈 때 더이상 거짓말은 필요하지 않았다. 영감에게 "엄마하고 둘이서 오붓하게 시간 보내세요"라 말하고, 살짝 야루기도 하며, 홀가분하게 떠났다.

그런데 어머님 돌아가시고 난 후에는, 영감이 마음에 쓰인다. 한 달을 혼자 지내게 하는 게 너무 긴 것 같아서 미안하다는 생각이 들기도 한다. 이것도 나만의 착각인지도 모르겠다. 영감도 모임에서 며칠 여행 다녀올 때, 혼자 가는 것이 미안한 듯 티를 낸다. 그러나 나는 내심 그 시간이 너무 좋다. 매사에 입장을 바꿔 생각할 필요가 있다.

건지섬의 할머니로 살아볼까?

소설 『건지 감자껍질파이 북클럽』을 단숨에 읽었다. 출간되었을 때 읽고 그후로도 두 번을 더 읽었고, 나는 이끌리듯 건지섬으로 갔다.

건지섬은 영국해협에 흩어져 있는 여러 개의 섬의 집합체인 채널제도에 속해 있으며 그중 가장 큰 섬이다. 제2차세계대전 당시 점령당한 유일한 영국 영토이기도 하다. 당시 독일 점령하에 외부와의 소식도 차단된 채 5년의 세월을 견뎌야 했던 곳이다. 독일군들은 주민들로부터 먹을 것과 마실 것을 탈취했으며, 어떤 모임도 허락하지 않았다. 건지섬 사람들은 자유를 빼앗겼고 굶주렸다. 『건지 감자껍질파이 북클럽』은 이런 상황에 처한 사람들의 이야기다. 어느 날, 몰래 돼지를 빼돌린 주민이 친한 이웃을 불렀다. 몇몇의 이웃이 모여 몰래 돼지를 잡고 포식을 하느라 통금시간인 7시를 넘긴 것이다. 집으로 돌아가는 길에 독일군에게 발각되어 취조를 받게 되는데, 그때 엘리자베스란 젊은 여성의 재치로 정기적인 모임인, 건지섬 문학회 모임에 다녀오는 길이라 둘러대고 위기를 모면한다. 그렇게 그 자리에서 문학회가 만들어졌다. 독일군의 눈을 피해, 거짓말이 아니란 것을 알리기 위해 그들은 정기적인 문학회를 만들게 되었고 모임을 위하여 책을 읽어야만 했다. 겨우 글만 아는 사람, 농사를 짓고 고기를 잡느라 책과는 담을 쌓은 사람들이 그들의 거짓말을 진실로 만들기 위해서 책을 읽어야만 했고 그 어려운 시간 속에서 책을 읽는 재미에 빠져들어갔다. 책과 친구가 '다른 삶'이 있다는 사실을 일깨워주는 이야기다.

우리 숙소는 건지섬 시내에서 꽤 떨어진 시골 농가에 있었다. 숙소로 들어가기 위해 문을 열면 작은 거실과 싱

크대가 있고, 거실엔 넓은 마당과 마을이 바로 보이는 테라스가 있다. 2층으로 올라가는 좁은 나무계단이 있고, 2층에는 침대가 있는 작은 방과 오래되었지만 깨끗한 욕실이 있는 독채였다.
채널제도는 따뜻한 멕시코만류의 영향을 받는 축복받은 땅이라고 한다. 멕시코만류는 북대서양의 북아메리카 연안을 따라 북쪽으로 흐르는 세계 최대의 난류다. 그래서 2월이지만 정말 따뜻했다. 아침 공기는 또 얼마나 신선하고 달콤한지. 테라스의 창문으로 밝은 햇살이, 어느 날은 비내음이 농가의 냄새에 묻혀 안으로 들어온다. 아, 이런 곳에서 북클럽이 열렸구나.

농가, 조용한 마을길을 걸었다. 여느 섬마을처럼 낮은 집들을 돌담길이 둘러싸고 있었고 집집마다 돌담에 문패를 새겨놓았다. 한때 완전히 고립되어 어디에서도 보호받지 못했던 건지섬. 지금 이곳은 평화가 한가득이다. 좁은 도로에 무인 감자 판매대가 곳곳에 있고 눈이 왕방울만 한 순한 소들이 낯선 객을 보고 모여들었다. 인적 없는 농가 사이로 'POST'란 글자가 붙어 있는 하얀 승용차가 집집마다 안부를 전하러 들어갔다.

좁은 도로에는 작은 양장점이 있다. 수선집이라 해야 하나. 창가에 앉아서 재봉하는 할머니의 모습이 보였다. 그 풍경은 정말 그림 같았다. 다음날부터 오며 가며, 빠트리지 않고 그 안을 들여다보았다. 그러다 젊은 아줌마와 눈이 마주쳤다. 할머니와 따님이 운영하는 곳인가보다. 따님이 안에서 우리를 보고 환하게 웃으셨다.
이 수선집은 아침 11시에서 오후 2시까지 운영하고, 수요일과 금요일에는 그나마 아침 9시에 문을 연다. 돈 버는 것과는 전혀 상관없는 삶을 보았다. 이 집과 이웃해 있는 비슷한 크기의 집이 비어 있다. 문득, 저곳에 책방이 하나 있으면 좋겠다는 생각을 했다.
"내가 와서 책방을 열까?"
혼잣말처럼 딸에게 말했다. 매일 아침 수선집 할머니와 차를 마시고, 할머니의 자분자분한 목소리로 건지섬의 지난 이야기를 듣고 싶었다. 딸이 "엄마 영어 공부 열심히 해야겠네" 하며 놀렸다.

이 시골 농가 마을에 식당이 딱 하나 있다. 늦잠을 자고 빈둥대다가 점심을 먹기 위해 그곳을 찾아갔다. 문 입구에 별 다섯 개가 그려진 포스트가 붙어 있다. 점심때

2시간, 저녁때 3시간 문을 열고, 그나마도 토요일 일요일은 안 연다. 워낙 사람 다니는 것을 못 보았기에, 당연히 손님이 없어서 그럴 거라고 생각했는데 들어가보고는 놀랐다. 소리 없는 벅적거림, 그런 분위기였다. 마을 사람들이 여기에 다 모여 있었다. 젊은 사장님이 자리를 안내해주고는 우리에게 한국에서 왔느냐고 묻는다. 우리를 알아? 동네가 하도 작고 조용하니, 건지섬의 작은 소식까지도 다 아는 듯했다. 갑자기 행복해졌다. 몸에서 엔돌핀이 마구 도는 것 같았다. 워낙 조용한 섬 동네에서 딸과 둘만의 여행이 매일 조용했는데, 마을 사람들을 이렇게나 많이 만나다니.

우리 옆 원탁에는 내 또래의 할머니 다섯 분이 앉아 계셨다. 식사를 끝내고 차를 마시는 중이셨다. 딸이 "할머니들 오늘 계 하시나보다" 했다. 나도 모르게 자꾸만 미소가 지어졌다. 이 시골 작은 마을, 동네 식당에 오신 다섯 분 모두가 정장 차림이다. 구두와 가방까지. 그 모습이 귀엽기도 하고 재밌기도 하다. 여자들의 수다는 어딜 가도 비슷한가보다. 할머니들은 작은 소리로, 소리 죽여 모두 맞장구치며 웃으셨다. 한마디도 못 알아듣겠지만 그래도 간간이 귀에 들어오는 게임, 카드라는 단어. 카드 게임 한 이야기를 나누며 웃으시나보다. 내가 제대로 생각했는지 아닌지는 모르겠지만 내 입가에 그냥 싱글싱글 웃음이 흘렀다. 나도 저들 틈에 끼어 수다를 떨고 싶었다. 동양화 카드를 가르쳐줄까보다. 맞고는 가르쳐주는 것도 배우는 것도 그다지 어렵지 않을 것 같다. 고스톱 한 판도 좋겠다. 이 아름다운 건지섬에서.

티타임을 마치고 일어난 할머니들은 프런트에서 계산을 하는데 한 사람, 한 사람 모두가 각자 계산을 했다. 그 모습에 또 미소가 지어졌다.

'그래서 제가 독서를 좋아하는 거예요. 책 속의 작은 것 하나가 관심을 끌고, 그 작은 것이 다른 책으로 이어지고 거기서 발견한 또하나의 단편으로 다시 새로운 책을 찾는 거죠. 실로 기하급수적인 진행이랄까요. 여기엔 가시적인 한계도 없고 순수한 즐거움 외에는 다른 목적도 없어요.' _『건지 감자껍질파이 북클럽』, 메리 앤 섀퍼, 애니 배로스, 이덴슬리벨 출판사

그래서 내가 독서를 좋아한다. 책 속의 작은 공간 하나,

책 속에 묘사된 그곳의 하늘과 땅, 식당, 기차역, 사람들, 은밀한 사랑과 모험. 그곳은 어떨까? 아이처럼 호기심을 가지게 하고, 그곳을 동경하고 그곳으로 떠나는 꿈을 꾼다. 지친 삶을 위로해주는 시간이다. 그리고 어느 시간 그곳에 내가 있을 때의 환희.

지금, 나는 건지섬, 환희의 순간에 있다.

SEW FOR YOU
OPEN WEEKDAYS
11:00 AM - 2:00 PM
WED and FRI
9:00 AM - 2:00 PM

다음 생이 있다면

노르망디 근처 영국해협 한가운데의 작은 섬인 사크섬은 건지섬에서 관할한다. 사크섬으로 가는 길은 오직 배편, 건지섬에서 50여 분이면 갈 수 있다. 문제는 바람과 물길의 허락이 있어야 한다. 사크섬은 현재 인구가 300여 명이다. 이곳을 알게 된 것은 페이스북에 소개된 류시화 시인의 편지 한 통 때문이었다.

"사크섬에서 이 편지를 씁니다. 프랑스 노르망디 근처 영국해협 한가운데 떠 있는 작은 섬입니다. 국제 어두운 밤하늘 지키기 운동본부에서 섬으로는 최초로 이곳을 '어두운 밤하늘 공원'으로 선정하였습니다."

이 몇 줄의 문장만으로도 사크섬에 가봐야 할 이유는 충분했다. 어두운 밤하늘 공원 사크섬은 인공 빛이 없는 곳이다. 법률적으로 자동차 운행을 금지하고 있으며 누구도 차를 들여올 수 없는 곳. 오직 마차, 경운기, 자전거만 허용되는 곳.
섬에 도착하자 우리를 마을로 데리고 갈, 문짝도 없이 지붕과 의자만 갖추어놓은, 마차도 아니고 경운기도 아닌 그런 운송차가 기다리고 있었다.

숙소를 찾아 마을 안으로 들어가는 길, 작은 돌담집 돌벽에 붙어 있는 홍콩상하이은행 HSBC 간판, 그 아래 나란히 세워져 있는 대여섯 대의 자전거. 이런 곳에 국제은행 지점이 있다는 것이 신기해 발걸음을 멈추고 탐색하듯 살펴본다. 빨간 원피스를 입고 자전거를 타고 가던 왜소한 여인이 내 시선을 끌어당긴다. 이 작은 섬마을에서 저렇게 잘 차려입고는 자전거를 타고 다니다니. 이 생경한 이미지에 나는 바로 꽂혔다. 그 여인은 우리가 숙소를 찾아 마을 끝까지 걸어가는 동안 두 번이나 우리 앞을 지나갔었다. 가까이 스쳤을 때에야 나이가 많은 할머니란 것을 알았다. 곱사등이처럼 보였는데, 왜소한 것에 비해 등이 심하게 굽어 그리 보였는지도 모르겠다. 그 할머니는 다음날도 빨간 원피스를 입은 채 자전거를 타고 우리 앞을 세 번이나 지나가셨다. 우리는 길을 걷다가 길가, 하얀색을 깨끗이 칠한 나무문 앞에 대어놓은 할머니의 자전거를 발견했다.

"여기가 할머니 집인가보다."

신기하고, 흥미롭고, 궁금하고, 애잔했다. 이곳에서 태어났을까? 그리고 지금껏 이 섬마을에서 살아온 것일까? 결혼은 했을까? 짐작으로는 지금은 혼자 사시는 듯하다. 문득, 정신은 온전하신 것일까? 혼자서 별별 생각을 다하게 하시는 분. 그러면서도 그 모습이 그다지 외로워 보이지 않으니, 내가 그런 삶을 혹여 동경하고 있었던 것은 아닐까?

아주 작은 교회 안으로 들어갔다. 그곳에 레오나르도 다빈치의 〈최후의 만찬〉이 걸려 있다. 교회 앞 조촐한 묘지에는 다듬어지지 않은 원석 그대로의 삐쭉빼쭉한 비석이, 섬 바람에 질린 듯 비켜 서 있다.

숙소는 영국의 귀족이 사는 영지에 들어온 기분을 느끼게 했다. 사장님은 우리를 아주 멀리서 온 손님이라며 정성껏 대접해주셨다. 숙소에 놓여 있는 천체망원경으로 하늘을 보라 하신다. 그러나 천체망원경이 필요 없는 유난히 맑았던 날이었다. 마을 길가에 인공 빛 하나 없었고, 그래서 밤하늘이 더 깜깜했고 손바닥만 한 별은 우리 머리 위에서 반짝였다. 이 특별한 곳에 지금, 이 나이에 와봤다는 것만으로도 이번 생애 여행의 정점을 찍었다는 느낌이다.

다음 생에는 이곳에서 태어나도 좋겠다. 이 섬 울타리 안에서만 생을 보내도 좋겠다는 생각을 한다. 밤하늘이 유난히 어둡고, 별이 유난히 반짝이는 동네. 자연의 빛을 받아들이며 우주의 순리대로 살아가는 단순한 삶. 순한 눈을 가진 소와 친구하며 밭을 일구고, 하루의 일과가 끝나면 밤하늘의 별빛과 달빛이 밝혀주는 마을길을 따라 북클럽에 가서 책을 좋아하는 마을 사람들과 낭랑한 목소리로 책 읽기를 하자. 때로는, 비가 억수같이 쏟아지는 날에는 마을 사람들 모두 모여 따뜻한 차를 마시며 동전 몇 개 놓고 간간이 고스톱도 치면서 그렇게.

왜 이 생각이 이 나이에서야 드는지. 좀더 악착스럽게 일하고 벌어서, 자식들 잘 먹이고 잘 공부시키고, 좀더 큰 집에서 남들 다 하는 것들을 하고, 그런 만큼만 살자, 하며 열심히 산 시간이 갑자기 부질없어진다. 그리하여 남은 것은 짧아진 내 생의 시간뿐인걸.

에필로그

100살이 되어도 캐리어를 끌어야지

동창이 밝았다. 밝고도 밝아서 창문으로 들어오는 햇살에 눈이 부시다. 아, 10시가 넘었다. 이부자리에서 일어나기 싫어 누워서 이웃님 블로그로 마실을 가 수다를 좀 떨었다. 친구가 거의 없는 내가 나이들어 외롭지 않은 것도 블로그 이웃님이 계셔서이다. 오랫동안 함께 지내왔던 내 친구들보다 속내의 말을 스스럼없이 더 편하게 할 수 있는 블로그 이웃도 생겼다. 나 어릴 때, 아니 40대 즈음에도 이런 세상이, 이런 친구가 생길 줄 몰랐다.

오늘 영감은 서울에서 친구 아들의 결혼식이 있다 하여 새벽에 나갔다. 물론 나 잠들 때 혼자 나갔다. 버스에서 아침식사를 줄 거라고 했다. 아침잠이 없는 영감은 내가 잠든 사이에 동네 한 바퀴를 돌고 온다. 공복을 못 견디는 영감은 아침 일찍 혼자 토스트를 해서 먹는다. 자신의 아침 배를 채우겠노라고 마누라를 일찍 깨우는 것은 늙은 아내에 대한 도리가 아니다. 그 정도는 상식으로 알아두어야 졸혼에 이르지 않는다.
빨래는 세탁기가 해주고 있다. 그 시간에 컴퓨터 앞에 앉았다. 냉장고에서 떡을 꺼내 전자레인지에 녹여서 커피 한 잔과 함께 아침을 때운다. 새삼 생각한다.
'늙으니 참 편하구나.'

한편으로는 미안함이 올라온다. 지금 나의 이 시간이 편안한 게 사실은 시어머님이 돌아가신 후부터라고 느껴지기 때문이다. 우리 부부는 어머님이 돌아가신 후 각방을 썼다. 방이 비어서라고 해두자. 4년이 되었다.
어머님은 원래도 하지 않으시는 외출을 나이가 들수록 더더욱 하지 않으셨고, 집에 계실 때는 "또 컴퓨터 하나? 점심은 안 먹나? 니는 굶고 사나? 아직 안 일어났나? 아직 안 자나? 전기세 많이 나간다" 등 작은 잔소리들이 많아지셨다. 어머님도 그 나이에 친구가 그리워서 더 많은 말을 붙이고 싶어서 그러셨는지도 모른다. 머리로는 이해가 되면서도 지금처럼 편안한 시간을 보낼 수는 없었다. 어머님도 이런 나와 같이 사시느라 많이 힘드셨겠다, 하는 생각도 드니 철은 늦게, 아주 늦게 드는 것 같다. 그래도 그 잔소리가 그리운 건 아니다. 나에게는 완전한 자유가 아직 더 필요하다.

나는 저녁잠도 많고 새벽잠도 많지만 읽고 싶은 것, 보고 싶은 것, 쓰고 싶은 것이 너무 많아서 저녁잠을 자주 미룬다. 영감과 방을 함께 사용할 때는 드라마를 두세 편씩 본다는 것은 언감생심이었다. 영감이 잠들 때면 눈치보며 TV 소리를 낮추어 보다가, 두어 번 뒤척이면서 끄라는 신호를 보내면 어쩔 수가 없다. 그런데 이제 내 마음껏 보는 게 가능해졌다. 오랫동안 함께했던 어머님은 돌아가시고, 영감과도 방을 따로 쓰고 이제 나는 독립했다. 내 방에 컴퓨터를 들여놓고, TV도 있고, 책도 있다. 보고 싶은 만큼 볼 수 있고, 읽고 싶은 만큼 읽을 수 있고 이웃 블로그 마실도 실컷 갈 수 있다.

그렇다고 내가 마냥 백수로 노느냐면 그렇지 않다. 은퇴 후의 시간을 이대로 보내는 것은 아깝다. 자유로움을 추구하면서도 내 일을 해야 한다. 그렇다. 나는 이제부터 프리랜서로 활동한다. 재택근무도 좋다. 그것이 쥐꼬리만한 보수라도 좋다. 자식을 위해서, 가정을 위해서 어딘가에 매여서 꼭 돈을 벌어야 할 삶은 지났다. 오직 나를 위해서 일이 필요하고 아주 적은 돈이 필요할 뿐이다.

블로그 포스팅을 하면 파워링크 광고로 들어오는 애드포스트 수입금, 물론 쥐꼬리만큼도 아니고 쥐 눈물만큼이다. 각종 리서치에서 요청한 설문 조사로 들어오는 수고비, 이 또한 쥐 눈물만큼이다. 책을 읽고 리뷰를 요청하는 출판사의 책들, 한 권에 10,000원이 훌쩍 넘는 귀한 책들을 그냥 읽는 것, 이 또한 수입이다. 수많은 광고제의, 물론 큰돈은 아니지만 내가 하고 싶으면 하고 싫으면 안 해도 되는 일이다. 그리고 이렇게 책을 출간하는 일까지. 게다가 내가 즐거움을 느끼며 하는 일들이다. 누구의 간섭도 없이.

어디 그뿐인가, 프리랜서의 수입처는 곳곳에 있다. 이 둘네가 손주를 돌보는 일로 나를 부른다. 하루 도우미일 경우도 있고, 사나흘 도우미일 경우도 있다. 손주를 보러 간다는 것은 늙은 부모에게는 더없이 기쁜 일이다. 늙어서도 부모가 자식을 위해 할 수 있는 일이 있다는 것도 기쁜 일이다. 손주를 보고 돌아오는 길, 그네들은 약간의 수고비를 나에게 준다. 이 또한 짭짤한 수입이다. 손주도 보고 돈도 벌고 일석이조다. 혼자 사는 딸이 부르기도 한다. 가서 대청소도 하고 밑반찬도 만들어놓고 온다. 딸도 돌아올 때 교통비와 약간의 용돈을 준다.
이 모든 것을 늙은 부모의 희생이라고만 생각하지 않는다. 늙은 나를 불러주는 일터이다. 늙은이를 불러주는 일터가 얼마나 있겠는가? 감사한 일이며 프리랜서에게 짭짤한 수입이 생길 수 있는 곳이다.

노후의 시간이 흥청망청 자고 놀고만 지내야 좋은 것은 아니다. 100세 시대라 한다. 그렇다면 나도 앞으로 30년은 더 살아야 한다. 무엇을 하며 그 긴 시간을 지낼 것인가? 어떤 사람은 봉사를 하면서 자신의 삶의 의미를 찾고, 어떤 이는 그런 봉사를 하는 것을 사서 고생한다고 생각한다. 모든 것은 자신의 마음이다. 내 맘속에 우주가 있다는 말이 있다. 어떤 사물과 환경을, 어떻게 보고 생각하고 행동하느냐 하는 것은 자신의 몫이다.

나의 하루는 지루할 사이 없이 충만하게 흘러가고, 나는 이 프리랜서 일을 할 수 있는 날까지 할 것이다. 다리에 힘이 있을 때까지, 아니 조금 힘이 없으면 어떤가, 나에게 맞는 길을 찾아 여행도 떠날 것이다.
멋지지 않은가? 100살이 되어도 캐리어를 끌 수 있고, 컴퓨터 앞에 앉아 글을 쓰며, 자기의 일을 한다는 것이. 설령 허황한 꿈이어도 좋다. 꿈꾸는 그 순간도 삶의 연속이니까.

진짜 멋진 할머니가 되어버렸지 뭐야

1판 1쇄 발행 2020년 8월 13일
1판 14쇄 발행 2024년 1월 24일

지은이 김원희

책임편집 변규미
편집 박선주 이희숙 이희연
디자인 김선미
그림 박진영
제작 강신은 김동욱 이순호
마케팅 김도윤
브랜딩 함유지 함근아 고보미 박민재 김희숙 박다솔 조다현 정승민 배진성

펴낸이 이병률
펴낸곳 달 출판사
출판등록 2009년 5월 26일 제406-2009-000034호

주소 10881 경기도 파주시 회동길 455-3
dal@munhak.com
dalpublishers

전화번호 031-8071-8683(편집) 031-8071-8681(마케팅)
팩스 031-8071-8672

ISBN 979-11-5816-117-0 03810

달은 (주)문학동네의 계열사입니다.